BASTEI
LÜBBE

FILM- und FERNSEH-BÜCHER aus dem
BASTEI-LÜBBE-Taschenbuchprogramm:

13 001 Feuerkind
13 035 Cujo
13 039 Zurück in die Zukunft
13 043 Trucks
13 084 Top Gun
13 088 Katzenauge
13 121 Carrie
13 194 Angeklagt
13 219 Stirb langsam
13 246 Abyss
13 248 Zurück in die Zukunft II
13 285 Die totale Erinnerung – Total Recall
13 309 Zurück in die Zukunft III
13 310 Robocop II
13 312 Flatliners
13 346 Geschichten aus der Schattenwelt
13 348 Der mit dem Wolf tanzt
13 378 Backdraft – Männer, die durchs Feuer gehen
13 382 Terminator 2 Tag der Abrechnung
13 412 Wer erschoß John F. Kennedy
13 444 Basic Instinct
13 446 Universal Soldier
13 448 City of Joy
13 449 Dracula
13 450 Der Bergdoktor Bd. 1
13 452 Columbo – Drei Romane
13 483 Der Bergdoktor Bd. 2
13 496 Columbo Drei weitere Romane
13 535 Last Action Hero
13 544 Karen McCoy – die Katze
13 547 Demolition Man
13 584 True Romance
13 585 Wild Palms
13 588 Blink
13 589 Geronimo
13 593 High Crusade
13 634 Malice – Eine Intrige
13 636 Flucht aus Absolom
13 638 True Lies
13 639 Shadow und der Fluch des Khan
13 640 Die Gerichts-Reporterin
13 641 Die Sieger
13 642 The Mask
13 643 Frankenstein – oder der moderne Prometheus
13 645 Tödliche Absichten
13 685 Junior
13 686 Tim Burton's – The Night Before Christmas
13 687 Dr. Stefan Frank Der Arzt, dem die Frauen vertrauen
13 688 Roy Rob
13 693 Legenden der Leidenschaft
13 694 Stargate
13 695 Die Schnellen und die Toten
13 696 Tank Girl
13 697 Der Bergdoktor Bd. 3
13 700 Thunder in Paradise Bd. 1 Auge um Auge
13 701 Thunder in Paradise Bd 2. Angst um Jessica

Martin Millar

TANK GIRL

Martin Millars Roman
nach dem Film ›Tank Girl‹ basiert
auf dem Drehbuch von Tedi Sarafian,
das nach dem von Alan Martin und
Jamie Hewlett geschaffenen
Comic strip entstand.

Ins Deutsche übertragen
von Cécile G. Lecaux

BASTEI
LÜBBE

BASTEI-LÜBBE-TASCHENBUCH
Band 13 696

Erste Auflage:
Juli 1995

Lizenz durch Agentur für Urhebernebenrechte GmbH
Merchandising München KG,
Gutenbergstraße 4,
85774 Unterföhring
Deutsche Lizenzausgabe 1995
Bastei-Verlag Gustav H. Lübbe
GmbH & Co., Bergisch Gladbach
Originaltitel: Tank Girl
Lektorat: Andreas Heering/
Dr. Edgar Bracht
Titelbild: United International
Pictures GmbH
Umschlaggestaltung:
Quadro Grafik, Bensberg
Satz: KCS GmbH,
Buchholz/Hamburg
Druck und Verarbeitung:
Brodard & Taupin,
La Flèche, Frankreich
Printed in France

ISBN 3-404-13696-9

Der Preis dieses Bandes
versteht sich einschließlich der
gesetzlichen Mehrwertsteuer.

KAPITEL 1

Jedes Jahr einmal regnet es in den Wastelands vierzig Tage und vierzig Nächte am Stück. Um den sechsunddreißigsten Tag herum beginnt in Big Mary's Bar and Grill der alljährliche Wasteland Schnapp- und Trinkwettbewerb, weshalb ich jetzt an diesem schmierigen Tisch sitze, umgeben von Biergläsern und Geldhaufen. Um den Tisch herum sitzen meine Mitspieler – ein paar davon Menschen, ein paar Känguruhs und ein paar bewußtlos. Zu denen, die noch bei Bewußtsein sind, gehört leider auch Tank Girl.

Ich mag Tank Girl nicht. Nein, das nehm' ich zurück. Ich kann Tank Girl nicht ausstehen. Sie ist eine Angeberin, ein Großmaul, ein Maulheld, ein Prahlhans, ein Protz, eine Betrügerin, eine Lügnerin, eine Säuferin, eine Idiotin, eine Diebin, sie trägt unmögliche Kleider, hat eine lächerliche Frisur, bezahlt ihre Schulden nicht, ist völlig ungebildet und eine Null in Konversation. Sogar von der heruntergekommenen Kundschaft in Big Mary's Bar and Grill hebt sie sich ab: Sie ist ein Ekelpaket der Sonderklasse.

»Deine Runde, Tank Girl.«

»Nein, eure. Ich habe gewonnen.«

Tank Girl biegt sich vor Lachen. Ich hasse sie. Sie fischt widerstrebend etwas Geld aus ihrer Tasche und schickt Jet Girl zur Bar, ein Tablett Bier zu holen.

Am Ende jeder Runde Schnapp muß jeder, außer dem

Gewinner, ein großes Bier trinken. Um den Tisch herum liegen die Bierleichen von denen, die der vierundzwanzigstündige Saufmarathon buchstäblich vom Stuhl gerissen hat. Die Einsätze und Gewinne von jedem, der umfällt, kommen in den Topf. Ich für meinen Teil weigere mich umzufallen, und wenngleich ich mit meiner Zeit weiß Gott etwas Besseres anfangen könnte, weigere ich mich, Tank Girl zu unterliegen, sei es beim Kartenspiel oder beim Trinken.

Wir trinken. Jet Girl, die neben Tank Girl sitzt, sieht ein wenig angeschlagen aus, schafft es aber, sich wach zu halten.

»Hast du genug?« fragt Tank Girl und mustert sie mit einem breiten, hämischen Grinsen.

»Du bist dran mit Geben«, entgegne ich.

Sie runzelt die Stirn und setzt dann eine Schmollmiene auf. Ich weiß nicht, warum sie schmollt. Es sieht lächerlich aus. Sie mischt die Karten und wirft mir einen Blick zu.

»Habe ich dir schon erzählt, wie ich die Welt gerettet habe?«

KAPITEL 2

Tank Girl hantiert scheinbar ungeschickt mit den Karten. Ich beobachte sie mit Adleraugen, weil ich weiß, daß sie versucht zu pfuschen.

»Habe ich dir schon davon erzählt, wie ich die Welt gerettet habe?« fragt sie noch mal.

»Ja, hast du. Gib endlich.«

»Das war einige Zeit, nachdem der große Komet eingeschlagen ist«, fährt sie fort, obwohl keiner am Tisch die Geschichte hören will. Sogar ihre verfluchten Känguruh-Kumpels sind gelangweilt. Aber zu Tank Girls unzähligen widerlichen Charakterzügen gehört auch der übermächtige Drang, Geschichten aus ihrem Leben zu erzählen. Wo sie diese abenteuerlichen Geschichten herhat, ist mir ein Rätsel. Die hat nämlich bestimmt nicht genug Grips, sie sich auszudenken. Vielleicht erfindet Sub Girl sie für sie. Was Sub Girl betrifft, so geht zumindest das Gerücht um, sie sei intelligent. Sie ist auch eine Nervensäge, aber nicht so schlimm wie Tank Girl.

Und Tank Girl fängt an, von der Katastrophe zu erzählen, die vor langen Jahren über die Erde hereingebrochen ist. Ich weiß, warum sie das macht. Sie will uns beim Spiel verwirren. Ihr Hang zum Mogeln und ihre primitiven Ablenkungsmanöver machen Tank Girl zu einer gefährlichen Gegnerin.

»Teil endlich die Karten aus, Tank Girl«, brummt Mining Jim, der zu meiner Linken sitzt.

»Gleich. Ich wollte euch gerade davon erzählen, wie das war, als der Komet auf der Erde aufgeschlagen ist . . .«

Einer ihrer Känguruh-Freunde kotzt sich unvermittelt auf die Hose und kippt von seinem Stuhl. Tank Girl, Sub Girl und Jet Girl lachen, bis ihnen die Tränen über das Gesicht laufen.

»Haha«, gluckst Tank Girl. »Der arme alte T-Saint konnte nie viel vertragen. Schiebt seine Kohle zu dem Haufen im Topf.«

In den Wastelands ist allgemein bekannt, daß Tank Girl mit einem dieser Känguruhs schläft. Widerlich, nicht wahr? Plötzlich holt mich das vierundzwanzigstündige Saufgelage ein, und grauer Dunst umnebelt meinen Kopf. Ich schüttele energisch den Kopf, um ihn klar zu kriegen. Ich bin zwar nur ein einfacher Händler – Antiquitäten aus den späten siebziger Jahren – aber ich werde verdammt noch einmal nicht bei einem Trinkwettbewerb gegen eine Frau verlieren, die mit einem Känguruh schläft.

Draußen regnet es in Strömen. Es ist der siebenunddreißigste Tag der Regenzeit. Noch drei Tage. Auf meinen alten Videos aus den Siebzigern war nie ein solches Wetter. Dreihundertfünfundzwanzig Tage Gluthitze, die den Wüstenboden versengen, bis er knochenhart, staubtrocken und ohne Leben ist, gefolgt von vierzig Tagen und vierzig Nächten anhaltenden Regens. Wenigstens ist es ein gleichbleibendes Phänomen, auf das man sich entsprechend einstellen kann.

Big Mary kommt rüber, stößt mit einem Fuß das vom Stuhl gekippte Känguruh aus dem Weg und räumt die Gläser ab. Sie hat muskulöse Arme und langes schwarzes Haar, und in ihrer Schürze steckt etwas, das aussieht wie ein alter Colt Revolver. Big Mary mag es gar nicht, wenn es in ihrer Bar Ärger gibt.

»Ja«, sagt Tank Girl. »Beim Aufprall des großen Kometen war ich noch ein kleines Mädchen. Ich kann damals nicht älter als vier oder fünf gewesen sein. Ich war sehr frühreif und schon damals ein ganz schöner Draufgänger ... dauernd bestand ich Abenteuer und Gefahren. Ich weiß noch, daß ich die Wüste auf meinem Dreirad durchquert habe, als ich höchstens drei oder vier war. Meine Eltern sind ausgeflippt ...«

»Die hatten bestimmt Angst, daß dich jemand da rausholt. Teil die Karten aus, Tank Girl.«

Tank Girls Augen verengen sich drohend.

»Höre ich da so etwas wie Feindseligkeiten in deiner Stimme, Trader?«

Ich antworte nicht, aber zum erstenmal wünsche ich, Waffen wären beim alljährlichen Schnapp- und Trinkwettbewerb in Big Mary's Bar nicht verboten – abgesehen von denen, die das Barpersonal bei sich trägt natürlich. Jeder, der die Bar betritt, muß seine Waffen entweder draußen lassen oder bei einem der Türsteher abgeben. Ich habe draußen im Big Trader Truck ein verhältnismäßig modernes Plasmagewehr und kann damit auch recht gut umgehen. Wer mit Antiquitäten aus den Siebzigern handelt, wird in den Wastelands nicht alt, wenn er nicht sehr schnell lernt, sich seiner Haut zu wehren. Ich bin schon zigmal von zehn oder mehr bewaffneten Räubern rangenommen worden, die es auf meine Blake's Seven und Tomorrow People Videos abgesehen hatten, aber sie haben mich nie geschafft. Ich bin kein Schlappschwanz.

›Der Trader ist kein Schlappschwanz‹, heißt es in den Wastelands. Aber, um ganz ehrlich zu sein, wenn ich auch mit meinem Plasmagewehr in den Händen nicht leicht zu besiegen bin, könnte Tank Girl mich, wenn ich unbewaffnet bin, in Stücke reißen.

Ich bin ganz allein hier. Tank Girl hat Jet Girl, Sub Girl und mehrere kräftige Känguruhs an ihrer Seite. Draußen haben sie einen Panzer, ein U-Boot und einen Jet stehen – ich hatte Mühe, einen Parkplatz für meinen Big Trader Truck zu finden. Ich schätze, ich täte besser daran, mich Tank Girl gegenüber etwas zurückzuhalten.

Mir geht durch den Kopf, daß es möglicherweise nicht leicht sein wird, mit dem Preisgeld zu verschwinden, falls ich den Wettbewerb gewinne. Tank Girl gehört nicht zu den Menschen, die sich an die Regeln halten.

Sie zupft an dem Pflaster auf ihrer Stirn. Sie hat durchblicken lassen, sie hätte auf dem Weg hierher ein wenig Ärger mit Regierungssoldaten gehabt, aber ich Wahrheit ist sie in volltrunkenem Zustand hingefallen und hat sich dabei den Kopf angeschlagen. Ich weiß das. Ein Känguruh hat es mir erzählt.

»Ja, der alte Komet hat in der Gegend einiges verändert«, fährt Tank Girl fort.

»Bestimmt«, stimmt Jet Girl ihr zu. »Erinnerst du dich an Kesslee?«

»Ob ich mich an Kesslee erinnere? Und ob ich mich an den erinnere. War er ein Dreckschwein oder nicht?«

»Eines von der übelsten Sorte«, stimmt Sub Girl ihr zu.

»Ein widerliches Schwein«, sagt Booga, und der ist, soweit ich weiß, Tank Girls liebstes Känguruh. Oder ihr liebster genetisch entwickelter Supersoldat, denn so nennen sich die Känguruhs selbst gern. Aber: Wenn der hirnamputierte Booga ein genetisch entwickelter Supersoldat ist, bin ich der Weihnachtsmann.

». . . obwohl der Komet die Zivilisation, so wie wir sie kannten, so ziemlich ausgelöscht, den Kontinent in eine unfruchtbare Ödnis verwandelt, das Klima verändert, zur Entstehung neuer Berge geführt und Bier zur Mangelware gemacht hat, war ich nicht allzu schlimm dran, obwohl ich damals erst fünf war. Ich konnte gut auf mich selbst aufpassen, und als die Banden anfingen, im Chaos herumzustreifen, bin ich in die Wüste geflohen und habe mich in der Wildnis durchgeschlagen.

»Natürlich . . .« Sie sieht zum Fenster hinaus in den endlosen Regen. ». . . gab es damals noch nicht einmal Regen, so daß die meisten Menschen in den ersten Jahren verdurstet sind. Ich hab mich mit Kokosmilch und so 'nem Zeug über Wasser gehalten, kein Problem für jemanden mit meinen Fähigkeiten. Dann habe ich einen Haufen von Hippies kennengelernt und 'ne Zeitlang bei ihnen gelebt. Das war ganz okay . . .«

Ich knirsche mit den Zähnen. Wenn dieses besoffene Weib glaubt, sie könne mich mit seinen Geschichten vom Spiel ablenken, hat sie sich geschnitten. Aber jetzt ist sie so richtig in Fahrt. Sie ist zu verliebt in den Klang ihrer eigenen Stimme. Sie taucht einen Zopf in ihr Bier, steckt ihn in den Mund und fährt mit ihrer Lebensgeschichte fort.

Die Karten werden ausgeteilt, und die nächste Runde beginnt.

Um die Wahrheit zu sagen, bin ich inzwischen ein bißchen nervös. Tank Girl kann mich nicht besser leiden als ich sie und beäugt meinen Geldhaufen gierig. Ich würde sagen, wenn ich der Sieger des diesjährigen Wastelands Schnapp- und Trinkwettbewerbs werde, stehen meine Chancen ziemlich schlecht, Big Mary's Bar heil mit meinem Gewinn zu verlassen.

Aber eins spricht doch für mich. Bevor ich hergefahren bin, habe ich insgeheim den Big Trader Truck in O'Hallerans Werkstatt am Fuß der Roten Berge aufrüsten lassen. Der Big Trader Truck, über den man bisher in den Wastelands gespottet und gehöhnt hatte, weil er schon bei der kleinsten Steigung nicht mehr als fünf Meilen pro Stunde schafft, verfügt nun über einen brandneuen XTF-98-Motor. Keine Ahnung, was genau XTF 98 bedeutet, aber auf jeden Fall ist der Truck jetzt verdammt schnell. Wenn ich mich beim Verduften beeilen muß, kann mir nichts mehr passieren, sobald ich den Truck erreiche. Die Bewohner der Wastelands, die sich immer weggelacht haben, wenn der Big Trader Truck die Dünen raufkletterte, werden ganz schön gucken, wenn ich wie der Blitz davonrase.

Natürlich vorausgesetzt, ich schaffe es überhaupt, aus Big Mary's Bar and Grill herauszukommen. Nach vierundzwanzig Stunden Dauersuff wäre es durchaus möglich, daß ich einige Mühe habe, so weit zu laufen. Niemand würde Tank Girl und ihre Komplizen davon abhalten, mich auszurauben. Als ich gerade denke, daß es wirklich schlecht für mich aussieht, fliegt die Tür zu Big Mary's Bar auf, und herein kommen zu meiner großen Erleichterung die Wasteland Ninjas.

»Macht die verdammte Tür zu«, brüllt Big Mary, als Wind und Regen hereinwehen. An die zehn Wasteland Ninjas betreten die Bar; Wasser glitzert auf ihrem kurzen blauen Haar und tropft von ihren schwarzen Mänteln.

Tank Girl flucht laut.

»Nicht diese Ninja-Spinner«, grollt sie. »Wer hat die denn eingeladen? Sie spielen doch nicht mal Karten.«

»Und trinken tun sie auch nicht«, sagt Jet Girl.

Und das tun sie tatsächlich nicht. Sie streifen nur durch die Wüste und üben sich in ihren Überlebenstechniken und den alten Kampfkünsten. Das ist gut für mich, weil die Wasteland Ninjas nämlich meine Verbündeten sind. Mehr als das. Sie lieben mich richtig, weil ich der einzige Mensch auf dem Kontinent bin, der sie mit Nachschub an ihren heiligen Relikten versorgen kann, das heißt, mit Videos der alten Kult-Fernsehserie ›Kung Fu‹ mit dem ebenso alten wie verehrten David Carradine.

Eldrich San, ihr Anführer, schickt einen Untergebenen, Wasser oder Karottensaft oder was sie sonst Ekelhaftes trinken, an der Bar zu holen, und ich höre Big Mary wegen der Umstände murren. Dann kommt er an den Tisch.

»Ich grüße euch.«

»Verzieh dich, Arschgesicht«, entgegnet Tank Girl.

Eldrich San ignoriert ihre Erwiderung, wie es sich für einen hochrangigen Ninja-Krieger gehört, und wendet sich mir zu.

»Hast du uns Videos mitgebracht?«

»Natürlich«, sage ich und klopfe ihm ziemlich betrunken auf die Schulter. Er rückt leicht von mir ab, weil es nämlich dem Anführer der Wasteland Ninjas nicht unbedingt gefällt, wenn man ihm auf die Schulter klopft. Genaugenommen, bin ich ganz schön ins Fettnäpfchen getreten, aber egal.

»Ja, ich habe die Folgen drei, acht und neun der zweiten Staffel besorgt, die ihr haben wolltet. Sie sind drüben in der Tasche neben der Statue.« Bei meiner letzten Antiquitätensuche in der Wüste habe ich eine alte Frauenstatue ausgegraben. Sie ist nichts wert, aber sie gefällt mir, und ich habe sie auf einen Stuhl in einer Ecke der Bar gestellt, wo sie jemand mit einer Baseballmütze und Lippenstift geschmückt hat.

»Ich bin gerade mit Spielen beschäftigt, aber sieh sie dir nur an. Wir können uns dann über den Preis unterhalten, sobald ich meine Gegner beim jährlichen Schnapp- und Trinkwettbewerb aus dem Rennen geschlagen habe.«

Eldrich San nickt, rafft seine durchweichte Robe zusammen und kehrt zu seinen Kumpanen zurück, die sich um den Flipper versammelt haben. Es freut mich, daß Ootsie und Bitsy, zwei junge Rekruten der Wasteland Ninjas, dabei sind, da wir befreundet sind und ich noch einiges bei ihnen gut habe.

An unserem Tisch herrscht Schweigen, und ich sehe, daß Tank Girl ebenfalls das neue Kräfteverhältnis überdenkt.

Sub Girl, die mir gegenüber sitzt, spielt die Pikacht, und ich knalle schwungvoll die Kreuzacht auf den Tisch.

»Schnapp«, rufe ich triumphierend und sammle die Einsätze ein, die in der Mitte des Tisches liegen. »Ein weiterer Sieg für den Trader!«

Unter den Zuschauern erhebt sich anerkennendes Gemurmel.

»Sub Girl, du dumme Gans, warum hast du diese Karte gespielt?« knurrt Tank Girl, worauf die mystische Prophetin und Underground Queen of the Submarines nur die Achseln zuckt.

Die Gläser werden gefüllt, und alle müßen trinken – außer mir, da ich das letzte Blatt gewonnen habe. Jet Girl ist anzusehen, daß ihr Magen rebelliert, aber Tank Girl tut, als ab es ihr schmecke. Und die verflixte Göre kann einfach nicht die Klappe halten.

KAPITEL 3

Tank Girl erzählt uns von der Zeit, die sie in der Hippiekommune verbracht hat, und ich wünschte, sie würde damit aufhören. Zum einen irritiert mich ihre Stimme, und zum anderen denke ich nicht gern an die alten Zeiten zurück, denn die alten Zeiten waren ein Alptraum.

Tank Girl behauptet, ihr wäre es zu verdanken, daß dieser Alptraum ein Ende gehabt habe, aber Tank Girl ist eine neurotische Lügnerin.

Sie spuckt auf den Tisch.

»Natürlich waren die Zustände inzwischen ziemlich schlimm geworden. Nach dem Aufschlag des Kometen, meine ich. Überall nur Wüste, und die gesamten Wasservorräte wurden von Water and Power kontrolliert, das, wir ihr wißt, seinerseits von diesem Widerling Kesslee kontrolliert wurde, dem größten Arschloch des Universums. Also mußte so gut wie jeder tun, was Water and Power ihm befahl, und jeder mußte sein Wasser von ihnen kaufen oder verdursten, da es verboten war, selbst nach Wasser zu suchen. Genaugenommen war alles verboten. Das Leben war eine einzige große Wüste voll mit Kesslees Soldaten, und Kesslee regierte wie ein Diktator, sehr zum Leidwesen der gequälten Bevölkerung. Also das typische postapokalyptische Szenario.

Aber diese Hippiekommune lebte verborgen in den Blauen Dünen und hatte ihren eigenen Brunnen. Eine Weile war dort alles in Ordnung, jedenfalls gab es reichlich Dope, und ich habe mit diesem Typen gebumst, Richard hieß er und war ganz in Ordnung, außer wenn er darüber meckerte, daß ich immer zu bedröhnt wäre, um meinen Küchendienst in der Gemeinschaftsküche zu machen.«

An dieser Stelle unterbricht sie sich und lacht schallend bei der Vorstellung, daß sie Küchendienst verrichten sollte.

»Ich meine, ihr könnt euch vorstellen wie ich für alle Linsen koche? Lächerlich. Wo war ich stehengeblieben?«

»Du wolltest deine Karte ausspielen«, sage ich.

»Ich spiele, wenn ich soweit bin«, entgegnet Tank Girl.

Die letzte gespielte Karte war die Kreuzvier, und Tank Girl schindet Zeit, bevor sie ihre Karte spielt. Das bringt mich auf den Gedanken, daß sie höchstwahrscheinlich weiß, daß sie eine Vier hat, und darauf wartet, daß alle anderen abgelenkt sind, ehe sie sie ausspielt, damit sie als erste Schnapp rufen kann und das Blatt gewinnt.

Kennt ihr alle das Spiel Schnapp? Es ist ganz simpel.

Die Karten werden verdeckt an alle Spieler ausgeteilt, so daß niemand weiß, welche Karte als nächste gespielt wird. Die Spieler decken nacheinander eine Karte auf, und wenn zwei gleiche Karten aufeinanderfolgen, beispielsweise eine Kreuzacht auf eine Pikacht, gewinnt der erste, der ›Schnapp‹ ruft und die Hand auf den Kartenhaufen legt. Es erfordert nicht viel Geschicklichkeit. Bei diesem Wettbewerb stehen Trinken und Stehvermögen im Vordergrund. Trotzdem muß man hin und wieder gewinnen, wenn man nämlich nicht mehr genug Geld hat, den Einsatz zu bringen, ist man draußen.

Also darf eigentlich niemand vorab wissen, welche Karte er als nächstes ausspielt, aber da Tank Girl weder Moral noch Skrupel kennt, riskiert sie ganz zweifellos schon mal einen Blick. So wie ich.

»In der Kommune habe ich Little Wee Sam kennengelernt«, fährt sie fort. Alle blicken auf Little Wee Sam herab, die in einer Lache von Erbrochenem unter dem Tisch liegt. Sie einfach zu klein, um ein vierundzwanzigstündiges Saufgelage durchzustehen.

»Sie war damals erst zehn und war künstlerisch begabt, wenn ich mich recht erinnere. Das war natürlich, bevor sie mit dem Trinken anfing. Aber eines Tages ...«

Tank Girl legt eine Pause ein und kratzt sich die Brüste.

»Eines Tages ...«

Der Regen trommelt gegen das Fenster.

»Eines Tages ...«

»Was?«

»Schnapp!« brüllt Tank Girl und knallt eine Herzvier auf den Tisch. »Gewonnen!«

»Du hast gemogelt!« herrsche ich sie an.

»Ach ja?!« schreit sie zurück, steht auf und funkelt mich herausfordernd von oben herab an. Ich stehe ebenfalls auf, die Känguruhs stehen auf, Jet Girl und Sub Girl stehen auf, Mining Jim und seine Kumpels stehen auf, und die Wasteland Ninjas machen einen Schritt auf uns zu. Es scheint, als würde gleich die Hölle losbrechen, und eine Sekunde sieht es aus, als würde es zum erwarteten Kampf kommen.

»Haltet die Klappe und trinkt«, bellt Big Mary und stellt geräuschvoll ein Tablett voller Biergläser vor uns auf den Tisch. »Ich erlaube in meiner Bar keine Prügelei.«

Wir setzen uns wieder. Alle müssen trinken, außer Tank Girl, die gewonnen hat. Ich hasse sie.

KAPITEL 4

Tank Girl prahlt mit ihrem kleinen Sieg, die Känguruhs klopfen ihr anerkennend auf den Rücken, und ich würge ein Bier herunter, das mir vorkommt, als wäre es das hundertste und dann – verflucht seien sie – kommen die Shaolin Queens of the Desert herein. Was für ein Pech. Die Shaolin Queens of the Desert sind eine weitere Bedrohung für die Gesellschaft. Ihr Haar ist zu einem Dutt geschlungen und rot gefärbt, sie tragen schwarze Kampfkleidung, die mit billigem Schmuck und Spiegelglasscherben bestickt sind, marschieren in der Wüste herum und drohen, jeden anzugreifen, der ihnen aus irgendeinem Grund nicht gefällt. Ich hab' immer das Gefühl, daß ihnen an mir etwas mißfällt. Was ihr Erscheinen jedoch besonders unglücklich macht, ist der Umstand, daß die Shaolin Queens of the Desert mit den

Wasteland Ninjas verfeindet sind und bei jeder Auseinandersetzung automatisch Partei gegen sie ergreifen. Da die Shaolin Queens ihr halbes Leben damit verbringen, sich in der Kunst ihres Shaolin-Kung-Fu zu üben, fängt man mit ihnen möglichst keinen Streit an! Das Blatt hat sich wieder zu Tank Girls Gunsten gewendet.

Tank Girl ist sich dessen bewußt. Booga, das dämliche Känguruh geht zu ihnen hinüber, um ihnen eine Runde zu spendieren. Booga ist betrunken. Wie er so zur Bar hüpft, bietet er einen wahrhaft jämmerlichen Anblick. Die Shaolin Queens, deren Erscheinung weniger ästhetisch ist als die der Wasteland Ninjas, haben sich inzwischen mit drei Flaschen Whisky und einem kleinen Glas Wasser eingedeckt und kommen herüber, um dem Spiel zuzusehen.

»Willkommen, Shaolin Queens of the Desert«, begrüßt Tank Girl sie lautstark. »Setzt euch und seht zu, wie ich diese Penner beim Kartenspielen schlage. Ihr kommt gerade rechtzeitig. Ich erzähle gerade, wie Soldaten von Water and Power meinem paradiesischen Leben in der Hippiekommune ein abruptes Ende gemacht haben.«

»Schieß los« sagt Magdalen. Die Anführerin der Shaolin Queens schwingt ein Bein über eine Stuhllehne und schafft sich mit den Ellbogen einen Platz am Tisch. Magdalen ist ein Brutalnik von der übelsten Sorte. »Ich hör' immer gern eine gute Geschichte.«

Tank Girl kippt angeberisch ihr Bier hinunter, obwohl sie als Gewinnerin der letzten Runde nicht dazu verpflichtet wäre.

»Trink aus, Trader«, sagt sie. »Du fällst zurück.«

Ich trinke. Mir ist übel. Tank Girl fährt mit ihrer Geschichte fort, was mich vom Spiel ablenkt. Eine Karte nach der anderen wird aufgedeckt, und es will mir einfach nicht gelingen, ein Blatt zu gewinnen. Der Geldstapel vor mir schrumpft dahin. Das ist beunruhigend. Aufgrund verschiedener Geschäftsausgaben, vor allem dem Einbau des XTF-98-Motors und einer vierwöchigen Sauf- und Freßtour im Anschluß an meine letzte Jagd auf Antiquitäten, bin ich ziemlich knapp bei Kasse bei Big Mary eingetroffen, wenn auch mit einigen verkäuflichen Antiquitäten im Gepäck. Ich versuche, mich zu konzentrieren. Es würde mich maßlos ärgern, wenn ich aus Geldmangel ausscheiden müßte anstatt dadurch, daß ich vom Trinken besinnungslos umfalle.

KAPITEL 5

Tank Girl, die Füße auf den Tisch gelegt (sie ist einfach unfähig, vernünftig auf einem Stuhl zu sitzen), erzählt ihre nicht gerade atemberaubende Geschichte über das Leben in der Kommune. Offenbar war sie die meiste Zeit bedröhnt oder hatte sich mit ihrem Sexspielzeug vergnügt.

»Genaugenommen war es ziemlich öde, abgesehen von meinem Haustier, einem Büffel, auf dem ich herumgeritten bin, wenn mir langweilig war. Als dann aber die Soldaten von Water and Power angriffen, kam Leben in die Bude.«

»Warum haben sie euch angegriffen?« fragte der kriecherische Booga.

»Ihnen war einfach danach, nehme ich an. So waren sie nämlich, diese Soldaten von Water and Power. Sie sind ständig über irgend jemanden hergefallen. Ich schätze, das war eine Art Beschäftigungstherapie. Die Ausrede für den Überfall auf uns war, daß wir einen illegalen Brunnen hatten. Wie ich schon sagte, wollte ihre Gesellschaft sämtliche Wasservorräte kontrollieren. Wasser war schwer zu finden, nachdem der Riesenkomet . . .«

»Wir wissen über den Riesenkometen Bescheid. Komm auf den Punkt.«

»Schon gut, keine Hektik, ja? Wenn ich mich recht erinnere, war ich gerade bei Little Wee Sam, die damals außerordentlich hübsch war . . .«

Es entsteht eine kurze Pause, als alle auf die immer noch junge, aber alles andere als hübsche Gestalt blicken, die weggetreten unter dem Tisch liegt, liebevoll eine Flasche Whisky in den schmutzigen Armen haltend.

»Sam arbeitete gerade an einer Plastik für mich. Doris Day, glaube ich, oder auch Johnny Prophet. Ist ja auch egal. Jedenfalls machte ich anschließend einen Abstecher in die Wüste, weil ich mit Richard bumsen wollte – ich muß zugeben, daß er nichts Besonderes war, aber er hatte ein etwas größeres Stehvermögen als der Rest der Hippies –, als diese Soldaten plötzlich aus dem Nichts auftauchten und anfingen, alle abzuknallen. Das totale Chaos. Ich meine, wir hatten ein paar Waffen gehortet und ich gab mein Bestes, sogar mehr als das. Ich habe sie reihenweise umgenietet. Ein Soldat griff mich mit dem Bajonett an. Ich riß es ihm aus der Hand. ›Nimm das, du Arschgesicht‹, habe ich gesagt und es ihm in die Eingeweide gerammt. Bald türmten sich Leichen um mich herum. Mir hat das Ganze richtig Spaß gemacht, aber der Rest der Hippies . . .«

Sie zuckte die Achseln. »Hoffnungslos, wirklich. Sie waren alle innerhalb weniger Minuten tot.«

Tank Girl legt bei dieser traurigen Enthüllung einen auffälligen Mangel an Betroffenheit an den Tag. Sie ist völlig herzlos. Ich hasse sie. Aber Jet Girl ist nett. Genaugenommen scheint sie immer netter, je mehr ich trinke. Sie trägt dieses wirklich attraktive gelbe Tuch um den Kopf. Ich schweife ab.

»Sie haben mich gefangengenommen und mich in einen Hubschrauber geworfen, obwohl ich dabei noch mehrere von ihnen mit bloßen Händen getötet habe.«

Sie lacht und erzählt bester Laune, wie einer der Soldaten sie im Hubschrauber begrapscht hat und sie gezwungen war, ihn hinauszuwerfen. Der Sturz sei ihm nicht bekommen. Sie lacht so hysterisch, daß sie beinahe daran erstickt und Booga ihr ein wenig Bier einflößen muß, damit sie weiterreden kann.

»Danach legten sie mich in Ketten und hielten sich von mir fern, bis wir in dem gewaltigen, riesigen, modernen, technologisch hochentwickelten militärisch-industriellen Komplex landeten, der damals das Hauptquartier von Water and Power war. Überall waren Soldaten und stöhnende Sklaven, die durch Auspeitschen zu schnellerem Arbeiten angetrieben wurden. Ich erkannte gleich, daß die Gelegenheiten, Spaß zu haben, an einem solchen Ort dünn gesät sein würden.

Sie schleppten mich vor Kesslee, und der ist echt ein Ekelpaket, wie es im Buch steht. Der ganze Rest des Kontinents war Wüste, aber er saß in seinem Arbeitszimmer und um ihn herum war so viel Wasser, daß du dachtest, du wärst auf See. Und all die anderen Arschgeigen kamen und gingen mit gesenktem Kopf, so als hätten sie Schiß vor ihm.

Kesslee war der Boß von Water and Power, und das machte ihn zum Herrscher über den ganzen Kontinent.

Kaum daß sie mich in sein Arbeitszimmer geführt hatten, stolperte ich über eine Pflanze und warf ein Aquarium um. Ein furchtbares Durcheinander. Wir versuchten die Fische zu retten, aber es war hoffnungslos. Egal, wohin man trat, jedesmal hatte man einen Fisch platt getreten. Es dauerte nicht lange, und überall lagen zerquetschte Fische rum. Das war ein echt mieser Start, klar doch.«

Schräg gegenüber sitzt der Professor, und ich merke, wie er langsam wegpennt. Tank Girls endlose Geschichte hat ihn bestimmt völlig angeödet. Aber er hat sich gut geschlagen, schließlich ist er eher 'n Kopftyp als einer, der kämpfen kann. Der Professor hat noch einen ansehnlichen Stapel Geld vor sich. Er hat genug Runden gewonnen, um im Spiel zu bleiben, und er hat genauso viel Bier getrunken wie alle anderen Spieler.

Der Professor ist sehr schlau. Wahrscheinlich heißt er deshalb auch Professor. Soweit ich weiß, gibt es nämlich keine Universitäten mehr, wo man ein richtiger Professor werden kann; aber in meinen Videos aus den siebziger Jahren habe ich schon oft von Universitäten gehört.

Ich mag den Professor. Erst letzte Woche habe ich ihm zwei alte Bücher – »Vanity Fair« von Thackeray und ›The Vicar of Wakefield‹ von Goldsmith – zu einem Freundschaftspreis überlassen. Na ja, auf dem ganzen Kontinent gibt's wohl keinen, dem ich sie sonst hätte verkaufen können. Ist ein echt kleiner Markt, der Markt für Literatur aus dem 19. Jahrhundert. Jedenfalls hat er sich sehr darüber gefreut und war mir sehr dankbar.

Genaugenommen in dem Moment, wo der Professor wegdämmern will, knallt Big Mary eine weitere Runde auf den Tisch, und der Professor fährt bei dem Lärm erschrocken hoch. Er nippt an seinem Bier, schüttelt den Kopf und gibt sich Mühe, wach zu bleiben.

Tank Girl quasselt immer noch.

»Das Schlimmste an Kesslee war wohl seine Angewohnheit, Gedichte aufzusagen. Das hat mich wahnsinnig gemacht. Ich meine, wenn du in Ketten vor jemandem liegst und alle deine Freunde gerade erschossen sind, dann hast du echt keine Lust, dir von so 'nem Kerl Gedichte aufsagen zu lassen.«

»Vielleicht wollte er dich trösten«, bemerkte der Professor. »Ein schönes Gedicht kann in Zeiten der Not sehr tröstlich sein.«

»Blödsinn, Professor«, sagt Tank Girl und wirft ihm einen vernichtenden Blick zu. »Wenn er mich hätte trösten wollen, hätte er mir eine Tasse Tee und ein Sandwich gegeben. Der hörte sich nur gern reden. Na ja . . . genau wie ich, schätz' ich.«

»Und was hat Kesslee gemacht?« frage ich, nicht aus Interesse, sondern um die Geschichte voranzutreiben, damit wir endlich weiter Karten spielen können.

»Er hat gefragt, ob ich für ihn arbeiten will«, entgegnet Tank Girl. »Der Mann hatte ein Auge für Qualität. ›Tank Girl‹, hat er gesagt. ›Du hast mit einem alten Gewehr und einem Baseballschläger achtundvierzig meiner Soldaten getötet. Eine unglaubliche Leistung. Water and Power braucht dich. Arbeite für mich, und ich mache dich zur Herrin über alle, die dir unterstellt sind.‹ So ging das eine ganze Weile. Er versprach mir jede Menge Geld und Macht, bis ich einfach eingepennt bin. Deshalb war er wohl von Anfang an so eingeschnappt. Deshalb und wegen der toten Fische. Wir sind nie richtig Freunde geworden.«

KAPITEL 6

Hinter uns entsteht ein Tumult. Einige der Shaolin Queens of the Desert sind mit den Wasteland Ninjas aneinandergeraten und streiten darüber, wer als nächstes am Pooltisch dran ist. Da sie sich spinnefeind sind, kann sich jederzeit eine Schlägerei daraus entwickeln. Als Big Mary hinübereilt, um für Ruhe zu sorgen, fällt mir auf, daß in ihrer Schürze jetzt zwei Waffen stecken, die aussehen wie alte Revolver. Durch den Dampf, der immer noch von den nassen Kleidern der Shaolin Queens aufsteigt, und den blauen Dunst, der nach fünfundzwanzig Stunden des Rauchens, Trinkens und Kartenspielens in der Luft hängt, ist es ein wenig schwer, genau zu verfolgen, was passiert. Jedenfalls geht Magdalen, die Anführerin der Shaolin Queens, eilig hinüber, um zu sehen, was los ist, und Eldrich San, der Anführer der Ninjas, springt auf und brüllt, daß sein Name als nächster an der Tafel stünde.

Ich wußte gar nicht, daß Eldrich San so gern Pool spielt. Das muß der Einfluß von Ootsie und Bitsy sein; das sind, wie schon gesagt, junge Ninja-Rekruten.

In diesem Augenblick fliegt die Tür auf und läßt eisigen Regen und Wind herein. Über das Heulen des Sturms hinweg ist Motorengeräusch zu hören, das nach und nach erstirbt.

»Big Mary, gib mir 'n Bier«, grölt der Neuankömmling und kommt mit acht oder neun anderen im Schlepptau hereingepoltert. Sie alle tragen abgewetzte Lederklamotten und schwere Motorradstiefel, dazu einen kompletten Indianerkopfputz aus grüngefärbten Fischadlerfedern.

Die Gesichter sind angemalt, Kriegsbemalung, und von ihren Ohren baumeln noch mehr Adlerfedern.

Ich atme auf. Es sind die Post Apocalypse Biker Girls. Sie sind gekommen, sich den jährlichen Wasteland Schnapp- und Trinkwettbewerb anzusehen. Die Post Apocalypse Biker Girls sind zwar keine Busenfreunde von mir, aber meine Feinde sind sie auch nicht. Ich atme auf, weil sie mit den Shaolin Queens of the Desert verfeindet sind. Wenn am Ende des Wettbewerbs wirklich ein Kampf losbricht, werden die Post Apocalypse Biker Girls sich gegen Tank Girl und die Shaolin Queens stellen – also sind sie auf meiner Seite. Und die Wasteland Ninjas sind offenbar schon ganz heiß darauf, sich eine Schlacht mit den Shaolin Queens zu liefern. Schätze also, daß jetzt wieder wir im Vorteil sind. Natürlich darf man die Känguruhs nicht vergessen, aber die sind sehr, sehr betrunken. Tank Girl, Sub Girl und Jet Girl haben ein tierisches Waffenarsenal, aber das ist draußen auf dem Parkplatz.

Ja, das Blatt hat sich gewendet. Ich winke Iris Grim, der Anführerin der Post Apocalypse Biker Girls, und lade sie auf einen Drink ein. Meine Hoffnung steigt wieder. Wenn ich den Wettbewerb gewinne, stehen meine Chancen, mit meinem Gewinn heil hier wegzukommen, ziemlich gut.

Unglücklicherweise lenken diese Gedanken mich ab, und ich verpasse eine Chance, eine Runde zu gewinnen. Sie geht an Donner, ein anderes Känguruh. Ich fluche. Wie soll ein Mensch auch Karten spielen können, wenn Tank Girl endlos über Water and Power quatscht und Ninjas und Shaolin Queens am Pooltisch streiten? Völlig unmöglich. Mein Geldhaufen schrumpft immer mehr in sich zusammen. Meine Hoffnung schwindet.

Über das Durcheinander und Gedränge bei der Ankunft der Post Apocalypse Biker Girls gerät der Streit zwischen Ninjas und Shaolin Queens in Vergessenheit. Die Biker Girls steuern die Bar an und verlangen lauthals nach Bier und Kartoffelchips. Sie schütteln ihren Kopfputz und schleudern Wassertropfen durch den Raum.

Sie grüßen die Wasteland Ninjas und alle anderen, ausgenommen die Shaolin Queens, die sie einfach ignorieren. Tank Girl, der bewußt ist, daß die Neuankömmlinge sich wahrscheinlich gegen sie stellen werden, gibt zur Begrüßung einen Grunzlaut von sich.

Währenddessen habe ich beschlossen, daß der Augenblick gekommen ist, etwas zu unternehmen. Ich verstecke die Herzneun und die Herzzehn in meinem Ärmel. Wenn ich wieder dran bin und eine Neun oder eine Zehn aufgedeckt auf dem Tisch liegen, zaubere ich blitzschnell die richtige Karte hervor, und rufe Schnapp, ehe die anderen wissen, wie ihnen geschieht. Schockierend das, klaro. Nicht eben das, was man vom allseits beliebten Trader erwarten würde, der von einem Ende des Kontinents zum anderen für seine Ehrlichkeit bekannt ist. Aber unter den gegebenen Umständen ist es nun einmal notwendig, das müßt ihr einfach zugeben. Immerhin sitze ich dem verschlagenen Tank Girl gegenüber, einer der übelsten Bescheißniks, die die Welt je gesehen hat.

KAPITEL 7

»Es wird Ärger geben«, sagt Sub Girl. So was gibt Sub Girl zwischen längeren Phasen düsteren Schweigens dauernd von sich. Sie hat den Ruf, so etwas wie eine Prophetin zu sein, wenn es auch keiner besonderen prophetischen Fähigkeiten bedarf, vorauszusehen, daß wenn Tank Girl, die Killer-Känguruhs, die Post Apocalypse Biker Girls, die Wasteland Ninjas, die Shaolin Queens of the Desert und einige andere üble Typen, Gangster und Abzocker fünfundzwanzig Stunden in einer verräucherten Bar zusammensitzen und sich mit Bier vollaufen lassen, Ärger mehr oder weniger vorprogrammiert ist. Und als Tank Girl nach einer Spielpause an den Tisch zurückkommt, einen Wasteland Ninja auf ihrem Stuhl findet und diesen grob von ihrem Platz schubst, kommt es wirklich beinahe zur Prügelei.

»Wo war ich?« fragt sie und setzt sich wieder auf ihren Stuhl.

»Auf 'm Klo«, entgegnet Booga. Das ist leider kein Witz.

»Teil die Karten aus«, grunzt Mining Jim ungeduldig.

Tank Girl beachtet ihn nicht.

»Ich sprach gerade von Keeslee.«

»Und Sergeant Small«, bemerkt Jet Girl, die schon länger keinen Ton mehr von sich gegeben hat. Anscheinend hat sie ihren Magen wieder unter Kontrolle und feiert jetzt eine Art Comeback. Was für ein nettes Mädchen Jet Girl doch ist. Warum schließt sich eine so nette Frau bloß diesem wirklich widerwärtigen Trank Girl an? Ich frage mich, ob sie ein Plätzchen für mich in ihrem Jet hat.

»Richtig«, sagt Tank Girl und hebt ihr Bierglas. Nach fünfundzwanzig Stunden verschärften Saufens hebt keiner am Tisch mehr sein Glas, außer am Ende einer Runde, wenn die Verlierer trinken müssen. Sie verträgt unglaubliche Mengen Bier, das muß ich ihr lassen. Natürlich braucht sie sich darauf nichts einzubilden. Ihre vielen Schattenseiten wiegt es jedenfalls nicht auf.

»Sergeant Small. Soll ich ein paar Witze über seinen Namen und seine Schwanzgröße reißen?«

»Machst du doch dauernd«, sagt Donner, dessen Aufmachung sogar für Känguruh-Maßstäbe schlichtweg lächerlich ist. Er trägt eine pinkfarbene Sonnenbrille und eine geblümte Jacke. Einfach grotesk.

»Auch wieder wahr. Aber lassen wir die Schwanzwitze für den Augenblick beiseite, ich komme später darauf zurück. Also, Sergeant Small war ein beinahe ebenso großes Ekelpaket wie Kesslee. Das erste Mal, daß ich dem guten alten Jet Girl begegnet bin, hat er sich auf wirklich widerliche Art an sie rangemacht, so daß ich gezwungen war, sie zu retten, indem ich behauptete, ich wäre ihre Geliebte, was ihn einigermaßen zu verwirren schien. Jet Girl war natürlich auf meine Hilfe angewiesen, weil sie noch ein schüchternes junges Ding war, damals, bevor ich sie an die Hand genommen und zu der Frau gemacht habe, die sie heute ist.«

»Eine wirklich tolle Frau«, sagt Donner.

Ich sehe Donner an, daß er auf Jet Girl scharf ist. Ich bin eifersüchtig und frage mich, ob ich vielleicht einen guten Känguruh-Witz erzählen soll.

Tank Girl redet weiter. Sie hat ihre Jacke ausgezogen und trägt eine knappe zerrissene Weste, die sie ungeniert hochhebt, um sich die Brüste zu kratzen. Das ist natürlich nur ein zynischer Trick, um Mining Jim abzulenken.

Mich läßt das völlig kalt. Um mich von meinen Karten abzulenken, bedarf es anderen Kalibers.

»Sie zwangen mich, unten in den Reparaturschächten zu arbeiten. Ich mußte Wasserrohre flicken und Brote schmieren. Eine Drecksarbeit. In den Schächten war es staubtrocken und heiß, und die Arbeit war schwer. außerdem hatten die Wachen absolut keinen Sinn für Humor. Jet Girl war oben in den Hangars. Sie hat Jets repariert, komisch nicht?«

»Wo war Sub Girl?«

»Die kannte ich damals noch nicht. Schätze, sie war damit beschäftigt, Prophezeiungen von sich zu geben. Damals hat sie die meiste Zeit mit Prophezeien verbracht. Jedenfalls habe ich um diese Zeit meinen ersten brillanten Fluchtplan geschmiedet. Ich wollte einen Stein zwischen eine der automatischen Türen klemmen, damit die nicht richtig schloß und ich später hinausschleichen konnte.«

Bei diesen Worten richtet der Professor sich auf und sagt etwas.

»Du hast einen Stein zwischen eine der automatischen Türen geklemmt, so daß sie nicht richtig schloß.«

»Genau.«

Der Professor schnaubt verächtlich.

»Hast du nicht gesagt, es wäre ein gewaltiger, riesiger, technologisch hochentwickelter militärisch-industrieller Komplex gewesen?«

»Das war es auch.«

»Klingt für mich nicht sehr fortschrittlich, wenn man so einfach rauskommen kann. Ich meine, das kann ja kein sehr ausgeklügeltes Sicherheitssystem gewesen sein.«

Ich lache in mich hinein. Dem Professor ist anzusehen, daß die Geschichte ihn genauso anödet wie mich.

Tank Girl runzelt die Stirn.

»Das war nur eine Frage des Timings. Ich behaupte ja nicht, daß jeder auf diese Weise hätte fliehen können. Es hat großes Geschick und einigen Mut erfordert. Und ich mußte einen geeigneten Stein finden.«

»Wie hat er denn ausgesehen?«

»Ist doch egal, wie der blöde Stein ausgesehen hat. Glaub mir, er war genau richtig, und das Ganze hat großes Geschick und einigen Mut erfordert. Hör auf, mich aus dem Konzept zu bringen. Ich bin aus meinem Sklavengefängnis geflohen, habe mich an ein paar Wachen vorbeigeschlichen und bin in einen Panzer gestiegen. Mir schien es ein netter, freundlicher Panzer zu sein, aber ich hatte es mir gerade gemütlich gemacht und wollte mir den Weg nach draußen freiwalzen, als der Bordcomputer plötzlich Ärger machte. Er verlangte von mir, irgendwelche Sicherheitscodes und all so 'n Quatsch einzugeben, damit konnte ich natürlich nicht dienen. Dann strömte Giftgas ins Cockpit.«

Nicht giftig genug, dachte ich im stillen.

»Es sah ziemlich übel aus, aber dann kam Jet Girl und schaltete das Gas ab. Sie hatte wirklich Ahnung von Sicherheitscodes und Computern. Mein Glück, wenn ich auch überzeugt bin, daß es mir auch ohne Hilfe gelungen wäre, mich irgendwie aus der Affäre zu ziehen.«

Jetzt, wo ich weiß, daß Jet Girl Tank Girl das Leben gerettet hat, sinkt sie ein wenig in meiner Achtung. Aber was soll's, sie war damals eben noch sehr jung.

»Dieser Fluchtversuch war also gescheitert. Wer ist mit Geben dran?«

»Du.«

Tank Girl teilt die Karten aus, und die nächste Runde beginnt. Jetzt konzentriert sich sogar Tank Girl auf das Spiel. sie beugt sich völlig über den Tisch, so daß Zöpfe und Locken ihr über die Augen fallen und ihre vielen Ohrringe leise klimpern, während sie aufmerksam die Karten beobachtet, die nacheinander aufgedeckt werden.

Der Professor sitzt neben mir und ist unmittelbar vor mir dran. Ich warte darauf, daß er eine Neun oder Zehn aufdeckt, damit ich eine der Karten in meinem Ärmel ausspielen und ein Blatt gewinnen kann. Er deckt eine Drei auf. Und weiter geht die Runde. Einer nach dem anderen decken die Spieler die oberste Karte des Stapels auf, der verdeckt vor ihm liegt. Es folgen keine zwei gleiche Karten aufeinander. Diesmal deckt der Professor eine Sieben auf. Verdammt. Wieder eine Runde ohne Schnapp. Am Tisch herrscht angespannte Stille. Die Zuschauer halten den Atem an. Na ja, vielleicht nicht so ganz, aber immerhin machen sie weniger Lärm als gewöhnlich.

Wieder ist der Professor an der Reihe. Er spielt eine Neun. Mit erstaunlicher Geschicklichkeit ziehe ich blitzschnell die Neun aus dem Ärmel knalle sie auf den Kartenstapel in der Tischmitte »Schnapp!« rufe ich, ehe irgend jemand Gelegenheit hatte zu reagieren, und greife nach dem Spieleinsatz.

Ich bemerke um den Tisch herum einige mißtrauische Blicke. Zum Teufel mit ihnen. Niemand kann mir etwas beweisen. Gut gelaunt raffe ich das Geld zusammen, und alle außer mir, müssen trinken. Klasse. Jetzt kann ich mich wieder eine Weile über Wasser halten. Mir fällt auf, daß einige der anderen Spieler inzwischen sichtlich angeschlagen sind. Ich trinke sie noch alle unter den Tisch. Ich werde am längsten durchhalten.

Draußen schüttet es immer noch wie aus Eimern. Inzwischen muß Tag siebenunddreißig des großen Regens angebrochen sein. Noch drei Tage. Warum regnet es jedes Jahr vierzig Tage und Nächte lang? Niemand weiß es. Nicht einmal der Professor. Aber es macht allen das Leben zur Hölle, soviel steht fest.

KAPITEL 8

Angesichts der verschiedenen Banden, die sich in der Bar zusammengefunden haben, sowie der explosiven Stimmung, die sich am Spieltisch breit gemacht hat, ist die Atmosphäre beim jährlichen Wasteland Schnapp- und Trinkwettbewerb spürbar angespannt. Betrugsgerüchte und Beschuldigungen machen die Runde. Über das Stimmengewirr hinweg höre ich, wie Big Mary sich lautstark bei einem der Barmänner darüber beschwert, daß Alvin nicht erschienen ist.

»Das hätte sie eine Weile beschäftigt«, grunzt sie und stößt eine Reihe von Drohungen aus, was sie alles mit Alvin anstellt, wenn er sich endlich blicken läßt.

Ich selbst bin auch ziemlich enttäuscht, daß Alvin, der Rockstar Nummer ein in den Wastelands, nicht gekommen ist. Nicht daß ich besonderen Wert darauf legen würde, ihn spielen zu hören – für diese Art Musik sind meine Ohren wohl schon ein wenig zu alt –, aber ich habe eine Antiquität aufgetan, die ihn ganz sicher interessieren würde. Ich habe ihm schon oft alte Musikreliquien verkauft wie Bücher, Schallplatten und einmal sogar ein Plektrum, das früher einmal Syd Barrett gehört hat. Aber jetzt habe ich etwas für ihn, das ebenso historisch wie praktisch von großem Wert für ihn ist, nämlich eine funktionstüchtige Fuzzbox, wie man sie heute nicht mehr findet. Es gibt einfach nicht mehr die nötige Technologie, ein solches Gerät zu bauen. Es ist ein Wunder, daß es die Zeit, die es im Wüstensand vergraben war, so gut überstanden hat. Alvin wird mir ganz zweifellos einen Haufen Geld dafür bezahlen. Immerhin behauptet er, ein direkter Nachfahre von Donny Osmond zu sein, von dem ich aufgrund meiner geschichtlichen Recherchen weiß, daß er ein geschätzter Zeitgenosse der Sex Pistols war.

Da ich mich ziemlich darauf verlassen habe, daß Alvin die Fuzzbox kauft, damit ich genug Geld habe, um im Spiel zu bleiben, hoffe ich, daß er noch aufkreuzt. Außerdem würde es die Lage ein wenig entspannen, wenn er käme. Die meisten der anwesenden Gangs mögen Alvin. Sogar Tank Girl, die eigentlich niemanden wirklich mag.

Mining Jims Freund, Mining Pete, ein wahrer Hüne in einem blaukarierten Hemd, scheitert am nächsten Bier. Er versucht, es herunterzuwürgen, aber es kommt ihm gleich wieder hoch, und er gleitet im Zeitlupentempo unter den Tisch. Ein paar von den Shaolin Queens schleppen ihn in eine Ecke, wo sie ihn auf einen Haufen weiterer Schnapsleichen legen, und setzen sich dann wieder, um das Spiel weiterzuverfolgen. Ich frage mich, warum sie das Haar zu rotgefärbten Knoten geschlungen tragen. Eine fast so merkwürdige Frisur wie die von Tank Girl, die aus einer Mischung kahlgeschorener Stellen, langer gefärbter Zöpfe und Rastalocken besteht. Die Kleider der Shaolin Queens glitzern, wenn das Licht der Lampe über dem Tisch von den Spiegelscherben reflektiert wird, mit denen ihre schwarze Kampfkleidung besetzt ist. An ihren Unterarmen zeichnen sich sehnige Muskeln ab. Es sind harte Frauen. Ich bin froh, daß die

Desert Ninjas und die Post Apocalypse Biker Girls ihnen zahlenmäßig überlegen sind.

Der Professor gibt als nächster. Tank Girl fährt mit ihrer Geschichte fort. Ich habe immer noch die Herzzehn im Ärmel.

»Nachdem die Flucht mit dem Panzer gescheitert war, plante ich einen zweiten Fluchtversuch. Ich unterhielt mich mit Jet Girl unter der Dusche darüber.«

Jet Girl schüttelt sich.

»Die Dusche«, sagt sie und schneidet eine Grimasse. »Das war gräßlich.«

»Und wie«, stimmt Tank Girl ihr zu. »Es gab nicht einmal Wasser, nur ein chemisches Pulver, das den Schmutz wegrubbelte. Ekelhaft. Teuflisch. Ganz und gar nicht das richtige für die modebewußte junge Dame.«

Sie schlägt mit der Faust auf den Tisch.

»Und gerade als ich mir diesen wunderbaren, genialen Fluchtplan zurechtgelegt hatte, stellte sich heraus, daß sie Wanzen in den Duschen angebracht hatten. Die Kerle waren wirklich pervers. Sergeant Small und eine oder zwei Schwadronen Soldaten schleiften mich wieder zu Kesslee, der mit Giftpfeilen auf mich schoß.«

Es fällt mir ein wenig schwer, diesem Teil der Geschichte zu folgen. Giftpfeile?

»Giftpfeile?«

»Genau. Giftpfeile. Kesslee wollte unbedingt, daß ich für ihn arbeite, verstehst du. ›Ich muß Tank Girl dazu bringen, für mich zu arbeiten‹ hat er immer gesagt. Das war natürlich nur verständlich – jeder würde eine Frau wie mich in seinen Reihen haben wollen, aber ich habe mich standhaft geweigert, und da hat er versucht, meinen Willen zu brechen. Er hat mich in diesen winzigen Raum angekettet und mit Giftpfeilen auf mich geschossen. Die

Pfeile waren mit Keimen verseucht und haben mich mit Cholera, Beulenpest und Geldfieber infiziert. Außerdem erkrankte ich schwer an Masern, und offen gesagt war es so ziemlich die schlimmste Zeit in meinem ganzen Leben. Die einzige Freude war für mich, als ich hörte, daß die Ripper – so hießen die – in der Wüste einige Soldaten massakriert und Wasserrohre zerstört hatten. Und das ist der Kern der Geschichte. Kesslee kontrollierte den ganzen Kontinent mit Ausnahme der Blauen Dünen, und immer wenn Soldaten sich in die Blauen Dünen wagten, wurden sie von diesen seltsamen, schrecklichen Kreaturen namens Ripper niedergemetzelt. Kesslee wollte, daß ich sie aufspüre.«

»Warum?« fragt der Professor.

»Was meinst du damit, warum?«

»Warum hat er nicht einfach seine gewaltige hochtechnologisierte Armee losgeschickt, sie auszulöschen? Oder die Gegend mit Atomwaffen ausradiert? Und warum konnte er sie nicht mit Infrarotabtastern oder per Satellit ausfindig machen?«

Tank Girl runzelt die Stirn.

»Willst du mir meine Geschichte vermiesen, Professor? Ich weiß nicht, warum. Er hat mich nicht zu seinen Geheimbesprechungen eingeladen. Vielleicht waren in dieser Woche alle Satelliten ausgebucht. Ich weiß nur, daß er versucht hat, mich dazu zu bringen, sie zu finden. Ich habe mich geweigert, und er hat mich mit Krankheitskeimen vollgepumpt. Als ich mich immer noch weigerte, hat er mich ein ein enges unterirdisches Wasserrohr gesteckt. Ich konnte keinen Finger mehr rühren. Ich und die Beulenpest. War das nun Folter oder nicht?«

Es regnet immer noch in Strömen. Tank Girl quasselt weiter. Jet Girl gewinnt die nächste Runde, und alle würgen ein weiteres Bier herunter. Mir wird allmählich speiübel.

Die Tür geht auf. Regen strömt herein. Allgemeiner Jubel in der Bar. Es ist Alvin. Im Gefolge hat er einen Trupp junger Männer in speckigen Jeans mit gelben Halstüchern. Ich stöhne. Es sind die Post Apocalypse Biker Boys mit ihrem durchgeknallten Anführer Marlin. Wie nicht anders zu erwarten, sind sie mit den Post Apocalypse Biker Girls spinnefeind. Bei einer Prügelei werden sie sich gegen sie stellen, die gehören also zu Tank Girls Seite. Wieder hat sich das Blatt gewendet, diesmal gegen mich.

Ich habe schon geschäftlich mit den Biker Boys zu tun gehabt. Genaugenommen war ich es, der sie zu ihrer Gang inspiriert hat, als ich ihnen ein altes Video von ›The Wild One‹ verkauft habe. Marlin war davon so beeindruckt, daß er sich nach dem Star Marlon Brando umbenannte. Dummerweise hat er den Namen falsch buchstabiert und sich statt dessen den Namen eines Tiefseefisches zugelegt. Der Bildungsstand in den Wastelands heutzutage läßt zu wünschen übrig. Die Biker Boys sind ganz besonders blöde.

Alle freuen sich, Alvin zu sehen.

»Warum kommst du so spät, Arschgesicht?« sagt Big Mary, aber selbst sie mag ihn und drückt ihm einen Bierkrug in die Hand. Alvin entschuldigt sich für sein spätes Eintreffen und behauptet, sein Truck wäre in einiger Entfernung im Schlamm steckengeblieben. Da es seit siebenunddreißig Tagen regnet, ist das eine plausible Erklärung, wenn sie auch vermutlich erfunden ist. Höchstwahrscheinlich ist Alvin nach irgendeiner Orgie gerade erst wieder zu sich gekommen, aber Big Mary läßt die Entschuldigung gelten. Alvin ist klein und sieht gut aus, und

Big Mary hat eine Schwäche für ihn. Die meisten Leute mögen Alvin, den höflichen und süßen kleinen Rockstar, der aussieht, als hätte er sich noch nie rasiert und als würde er es auch nie nötig haben, der sich die Augen unter dem Pony mit Eyeliner schminkt und Lieder von hoffnungsloser Liebe singt.

Es ist allgemein bekannt, daß Alvin ein ausschweifendes Leben führt und die meiste Zeit gewaltige Mengen von Drogencocktails in sich hineinschüttet, während er beinahe alles bumst, was sich bewegt. Er würde hoffnungslose Liebe nicht mal erkennen, wenn sie ihm die Hand schüttelte, aber immerhin bringt er die Texte auf der Bühne sehr überzeugend rüber. Bei einigen langsamen Stücken weinen die Leute und denken an bessere Zeiten.

Die Ankunft der Post Apocalypse Biker Boys lenkt mich ab, und ich verpasse eine Gelegenheit, mit meiner Zehn zu schummeln. Tank Girl gewinnt diese und die zwei darauffolgenden Runden, und der Geldstapel vor ihr ist jetzt der größte auf dem Tisch. Anders als bei den anderen Spielern scheint ihre Energie mit der Zeit zuzunehmen, und mit jeder gewonnenen Runde wird sie lauter und aufdringlicher.

»Wieder eine Runde an mich«, brüllt sie, rafft den Spieleinsatz zusammen, und schlägt Booga so kräftig auf den Rücken, daß dieser auf den Tisch knallt. »Tank Girl hat wieder triumphiert! Wo war ich?«

»Du hast die ganze Zeit am Tisch gesessen«, entgegnet Booga ernsthaft. Ich frage mich nicht zum erstenmal, warum Tank Girl sich ausgerechnet Booga, das dämliche Känguruh zum Bettgefährten gewählt hat. Mir ist das schleierhaft. Immerhin finden viele Tank Girl attraktiv, obwohl sie betrügt, lügt, stiehlt und so weiter. Die jungen Männer reißen sich um sie. Warum hat sie sich also für ein dummes, häßliches Känguruh entschieden? Würde ein männlicher Held mit einem weiblichen Känguruh gehen? Höchst unwahrscheinlich. Vielleicht war Tank Girl das persönliche Phantasiegebilde des Gottes, der sie erschaffen hat. Vielleicht konnte der Gott, der sie erschaffen hat, den Gedanken nicht ertragen, daß irgendein Mann sie anfaßt. Das spricht nicht unbedingt für ihren Schöpfer.

Big Mary kündigt eine Spielpause an, was sie gelegentlich tut, damit die Spieler aufs Klo gehen, sich die Beine vertreten und versuchen können, sich so herzurichten, daß sie wieder einigermaßen menschlich aussehen. Big Mary und ihr Personal säubern unterdessen den Tisch von Gläsern, Aschenbechern und Schnapsleichen.

Ich bin froh über die Unterbrechung, da sie mir Gelegenheit gibt, Alvin im Hinblick auf ein lukratives Geschäft anzusprechen. Ich torkle zu ihm hinüber, falle über einen Stuhl und schlage lang vor ihm hin.

»Hallo, Alvin.«

»Hallo, Trader«, sagt er und hilft mir auf die Füße.

»Ich hab' was für dich. Eine Fuzzbox von den Sex Pistols. Wurde von Steve Jones benutzt. Tolles Teil. 'n Haufen Geld wert. Hat jahrelang im Wüstensand gelegen. 'n Haufen Kohle wert. Hat in der Wüste gelegen. Jahrelang. Jahrelang. 'n Fuzzbox. Sex Pistols. Hat jahrelang in der Wüste gelegen.«

Ich klappe zusammen. Gewöhnlich bemühe ich mich als erfahrener Händler um ein überzeugendes Auftreten, aber bei all dem Bier, das ich intus habe, entgleitet mir mein Geschäftsgebaren ein wenig.

»Jahrelang, jahrelang«, lalle ich, über Alvins Stiefel ausgestreckt. Die Band hilft mir auf einen Stuhl. Am Nebentisch lachen einige Wasteland Ninjas spöttisch. Sollen sie doch. Sie trinken ja nicht. Freaks.

»Jahrelang«, sage ich noch einmal, kurz davor, das Bewußtsein zu verlieren.

»Entschuldigt mich.«

Ich kippe von meinem Stuhl und krieche auf allen vieren zur Tür. Nachdem es mir mit einiger Mühe gelungen ist, sie zu öffnen, stolpere ich hinaus in den Sturm. Ich sinke auf die Knie in den Matsch vor der Bar und übergebe mich. Der Regen ist eisig. Es geht mir ein bißchen besser.

KAPITEL 9

Ich bin jetzt naß bis auf die Haut, was höchst unangenehm ist, aber die Kälte des Regens ist erfrischend. Ich stehe eine Weile draußen vor dem Bar and Grill rum, aber es gibt wirklich nichts zu sehen, nur Pfützen überall, und den Regen, der über den Jet, den Panzer und das U-Boot strömt, die um Big Trader Truck herum stehen. Ich lasse den Blick über die Maschinen der Biker Gangs und andere schwer zu beschreibende Gefährte schweifen, darunter auch der alte rote Krankenwagen, der den Shaolin Queens of the Desert als fahrbarer Untersatz dient. Der Wagen ist mit einem Wimpel geschmückt, auf den irgendein mystisches Symbol gemalt ist.

Ich bin nicht sicher, wie Sub Girl ihr U-Boot herbekommen hat. Es heißt, sie könne unter der Erde her fahren, aber das glaube ich nicht. Vielleicht ist sie mit den Wassermassen hergeschwemmt worden.

Aber genug der Vehikel in den Wastelands. Ich bin völlig durchnäßt und friere, aber inzwischen fühle ich mich einer weiteren endlosen Kartenrunde schon eher wieder gewachsen. Tank Girl mag ja im Augenblick noch obenauf zu sein, aber irgendwann wird sie zusammenbrechen. Auch bin ich jetzt in besserer Verfassung für ein kleines Geschäft, und ich liebe Geschäfte.

Alvin ist damit beschäftigt, ein paar Bier in sich hineinzuschütten, bevor er auf die Bühne steigt. Ich hole meine Tasche und schütte die kostbaren Antiquitäten, die ich hier und da in den Wastelands gesammelt habe, auf den Tisch. Einige habe ich selbst gefunden, andere gekauft und wieder andere habe ich mir auf nicht ganz astreine Art und Weise verschafft. Neben der Fuzzbox für Alvin sind da noch ziemlich wertvolle Videos von den Carpenters, zwei vergilbte Doctor-Who-Comics, ein Plateauschuh, ein Greatest-Hits-Album von Lynard Skynnard, ein Poster von Starsky und Hutch, aus dem leider ein Stück herausgerissen ist, ein Wahlanstecker mit der Aufschrift ›Vote for Jimmy Carter‹, ein durchlöcherter orangefarbener Space Hopper und, in ein Werbeplakat für Super-8-Kameras eingewickelt, eine echte Donny-Osmond-Mütze. Alvin greift nach der Mütze. Ich wußte, daß sie ihm gefallen würde.

»Interessante Sammlung, Trader.«

»Ja«, entgegne ich grinsend. »Nur vom Feinsten. Alles Raritäten aus den Siebzigern, die der Trader nach mühsamen geschichtlichen Recherchen und kräftezehrenden archäologischen Ausgrabungen für euch mitgebracht hat. Du wirst auf dem ganzen Kontinent keine zweite Donny-Osmond-Mütze wie diese finden. Und was die Fuzzbox betrifft . . .«

Stolz zeige ich auf die Rückseite, wo Steve Jones, der Gitarrist der Sex Pistols seinen Namen eingeritzt hat.

»Wie du siehst, ein authentisches Stück.«

Alvin ist beeindruckt. Dieser Idiot. Ich habe den Namen selbst auf der Rückseite eingeritzt. Niemand wird es je erfahren.

»Was ist das?« fragt Gina, die in Alvins Band spielt, und zeigt auf die Statue auf dem Stuhl.

Ich zucke die Achseln.

»Eine Frauenstatue. Ich habe sie in der Wüste gefunden. Ich dachte mir, das Museum in Lugit City kauft sie mir vielleicht ab.«

»Sie hat ja nicht mal Arme«, spottet Gina.

»Ich weiß. Ich schätze, viel ist sie nicht wert. Aber vielleicht geben sie mir fünfzig Zoobies dafür.«

Lugit ist die größte Stadt auf dem Kontinent, und ich habe dem Museum schon einige andere Altertümer verkauft, vor allem solche, die sonst niemand haben wollte.

Alvin untersucht die Fuzzbox.

»Natürlich war sie ursprünglich für eine Gitarre gedacht«, erkläre ich. »Und heute spielt niemand mehr Gitarre, aber schließ ihn nur an eine deiner Elektronikkisten an, und du bekommst einen tollen Sound.«

Ich habe keine Ahnung, wie der Klang sein wird oder ob es überhaupt funktioniert, aber es ist einen Versuch wert. Alvin scheint ziemlich scharf auf das Ding zu sein, und ich hoffe auf ein gutes Geschäft.

»Hast du das Plektrum von Syd Barrett noch?«

Er nickt und zeigt mir die Kette, an der er es befestigt hat und die er als Glückbringer um den Hals trägt. Ich grinse, sammle meine anderen Schätze wieder ein und kehre zurück an den Spieltisch. Nach dem eisigen Regen und dem Verkaufsgespräch mit Alvin fühle ich mich besser.

»Gerade noch rechtzeitig«, brummt Mining Jim, als ich

über eine junge Shaolin Queen hinwegsteige, die neben meinem Stuhl auf dem Boden sitzt.

»Haha, der Trader hat gekotzt«, stöhnt Tank Girl. Ich bewahre würdevolles Schweigen. Die Karten werden gegeben, und das Spiel wird fortgesetzt. Tank Girl versucht wieder, alle mit ihrer lächerlichen Geschichte abzulenken. Es ist wirklich unfair, daß sie redet wie ein Wasserfall und versucht, alle abzulenken. Ich würde mich über den groben Regelverstoß beschweren, aber leider gibt es beim jährlichen Wasteland Schnapp- und Trinkwettbewerb keine Regeln; es gilt aber als unfein, jemanden umzubringen, bevor erwiesen ist, daß er gemogelt hat.

»Also, nach einiger Zeit wurde mir in dem Rohr langweilig. Ich hatte ja nichts anderes zu tun als rumzuliegen und zu denken ›ich liege in einem Rohr‹, was wirklich nicht sehr lustig ist. Also habe ich getan, als könnte ich es nicht länger aushalten und um Hilfe geschrien. Der alte Kesslee – habe ich euch den schon beschrieben? Nein? Also, er hatte irgendwie gebleichtes weißes Haar, ein breites Kinn und war ziemlich kräftig. Hatte was von 'nem Nazi. So, jetzt ist genug beschrieben. Also Kesslee dachte, ich würde klein beigeben, aber als sie mich wieder in sein Büro schleiften, habe ich ihn einfach weiter angegiftet. Mann war der sauer. Völlig ausgerastet ist er. Hat rumgetobt und geschrien, als ich ihm sagte, daß er schon ein bißchen mehr bringen muß, als mich einige Tage mit der Beulenpest in einem Rohr vergammeln zu lassen, wenn er meinen Willen brechen will. Der eiserne Wille von Tank Girl brach einfach nicht, und das hat ihn rasend gemacht. Es ging ihm nämlich gar nicht nur darum, daß ich ihm bei der Suche nach den Rippern helfen könnte, die seine Soldaten massakrierten. Nee, er hatte sich in den Kopf gesetzt, meinen Willen zu brechen.«

»Niemand kann deinen Willen brechen, Tank Girl«, sagt Booga. ›Er ist eben ein schrecklicher Arschkriecher‹.

»Nicht so wie ich deinen gebrochen habe«, entgegnet Tank Girl und brüllt vor Lachen, auch wenn ich den Witz nicht verstehe. Vielleicht sollte es auch keiner sein. Sie kratzt sich wieder die Brüste, und Mining Jim merkt gar nicht, daß er die Runde eigentlich gewonnen hätte.

»Jedenfalls wurde ich mit einem Soldatenkonvoi an eine besonders entlegene Stelle der Wüste gebracht und in eine Art Schacht gestoßen, um zu sehen, ob die Ripper dort hausten.«

»Warum haben sie, wenn sie mit so moderner Technologie ausgerüstet waren, nicht einen Roboter vorausgeschickt?« fragt der Professor. »Das wäre doch sicher viel einfacher gewesen.«

Tank Girl blickt wieder finster drein.

»Woher zum Teufel soll ich das wissen? Ich bin für diese Leute doch nicht verantwortlich.«

»Schnapp«, sagt der Professor, dem es gelungen ist, jedermanns Aufmerksamkeit vom Spiel abzulenken. Ein schlauer alter Fuchs, der Professor.

Tank Girl ist wütend.

»Wie soll man sich aufs Kartenspielen konzentrieren, wenn du die ganze Zeit dazwischenquatschst?« fragt sie. »Was machst du überhaupt hier? Solltest du nicht irgendwo ein Buch lesen oder so was?«

»Doctos pecunia ipsos iuvat«, entgegnet der Professor. »Geld macht auch dem Gelehrten Freude.«

»Wie auch immer. Hör auf, mich zu unterbrechen. Ich komme gerade zu einer spannenden Stelle.«

Hat ja auch lange genug gedauert, sage ich mir. Mining

Pete auf der anderen Seite des Tisches schwankt auf seinem Stuhl. Wanda, die größte Waffenhändlerin auf dem Kontinent, sieht auch nicht gut aus. Wanda hat einen großen Stapel Geld vor sich liegen. Sie ist eine gute Kartenspielerin und kann einiges vertragen, aber ich glaube, sie ist bald hinüber.

»Als sie mich gerade in den Schacht stoßen wollten, griffen die Ripper an! Riesige, monströse Ungeheuer, die wild um sich schlugen und bissen. Die Water and Power Soldaten wurden in Stücke gerissen, Gliedmaßen flogen durch die Luft. Es war ein irrsinniges Gemetzel. Zum erstenmal seit einer Ewigkeit hatte ich mal wieder richtig Spaß. Ein paar Hiebe habe ich dabei abgekriegt, aber natürlich ist so ein abgefahrener Ripper kein Gegner für mich; ich bin schließlich schon mit drei auf 'nem Büffel geritten und habe mich mit vier allein in der Wüste durchgeschlagen. Ich bin den Hieben einfach ausgewichen und hab' mir die Sache angeguckt. Wirklich eine prima Schlacht, eine der besten, die ich je gesehen habe.

Schließlich zogen die Ripper ab und ließen einen Haufen toter Soldaten liegen – und mich. Kesslees Unterarm lag auch noch irgendwo herum, glaub' ich. Er war ihm beim Kampf abgetrennt worden. Kesslee selbst war aber irgendwie abgehauen. Ich nahm ein Messer und schnitt den Sender heraus, den Kesslee mir in den Arm eingebaut hatte – oder war es mein Bein? Keine Ahnung mehr. Jedenfalls hatte er irgendwo in meinem Körper einen Sender eingebaut, aber wahrscheinlich hab' ich mich damals nicht groß drum gekümmert. Also, jedenfalls schnitt ich ihn heraus und überlegte mir, was ich mit dem Rest meines Lebens anfangen sollte. Einen bewaffneten Aufstand gegen Kesslee anzetteln? Einen langen Guerillakrieg gegen den Staat führen? Ein Restaurant eröffnen? Skiurlaub machen? Die Palette der Möglichkeiten schien endlos, aber da kam Jet Girl. Sie schien sehr zufrieden mit sich. Ich habe sie freundlich begrüßt.

›Hallo, Jet Girl, du blöder Hippie Hirni, was grinst du so zufrieden?‹ Sie hatte endlich mitgekriegt, wo's lang geht, Sergeant Small abserviert, ihm zum Abschied das Knie in die Eier gerammt, ein Kampfflugzeug gestohlen und sich davongemacht. Sie war neben mir gelandet, und dann kam der Moment, wo ich mir meinen berühmten Panzer besorgt habe. Steht draußen neben dem U-Boot, könnt ihn euch ja angucken. Also dieser Panzer hat sich in den letzten Jahren als echter Freund erwiesen, ehrlich. Echt, der Panzer und ich, wir sind unzertrennlich. Ich liebe ihn, und er liebt mich. Wir trinken zusammen, schlafen zusammen, bestehen gemeinsam Abenteuer, sehen fern, duschen, gehen einkaufen, einfach alles. Ehrlich, ohne den Panzer würde ich mir ganz verloren vorkommen. Jede junge Mutter, die etwas auf sich hält, sollte einen haben.«

»Ich liebe mein U-Boot«, sagt Sub Girl. »Ich hab' es selbst gebaut.«

Schöne Lügengeschichte, das. Kann denn einer allein ein ganzes U-Boot bauen? Egal, Tank Girl redet weiter, während ich versuche, mich auf die Karten zu konzentrieren, die reihum aufgedeckt werden.

»Ich und Jet haben also beschlossen, in der Wüste zu bleiben und uns zu amüsieren. Und das haben wir auch gemacht. Aber nach einiger Zeit . . .«

Der Professor deckt eine Zehn auf. Ich habe immer noch eine Zehn im Ärmel versteckt. Ich ziehe sie unbemerkt heraus, spiele sie aus und rufe sofort Schnapp.

Ich fange an, den Spieleinsatz einzusammeln, aber Tank Girl unterbricht mich.

»Warum ist die Karte naß?« fragt sie.

Entsetzt sehe ich, daß die Karte naß ist. Genaugenommen ist sie völlig durchweicht, weil sie in meinem Ärmel steckte, während ich draußen im Regen war.

Unheilvolle Stille senkt sich herab.

»Weil sie in einer Bierlache gelegen hat«, sage ich in verletztem Tonfall, als wäre ich beleidigt, daß irgend jemand meine Ehrlichkeit in Frage stellt.

Der Tisch ist voll von verschüttetem Bier.

Tank Girl beugt sich über den Tisch, bis ihr Gesicht nur noch wenige Zentimeter von meinem entfernt ist.

»Es würde mir gar nicht gefallen, wenn du betrogen hättest, Trader.«

Ein zorniges Tank Girl ist ein furchteinflößender Anblick. Ich gebe mich so unbekümmert wie wenn ich unseren älteren und behinderten Mitbürgern billig ihre kostbaren Erbstücke abluchse.

»Was ist los, Tank Girl? Kannst du kein Bier mehr vertragen?«

Das nimmt Tank Girl den Wind aus den Segeln. So ziemlich das Schlimmste, was man ihr unterstellen kann, ist, daß sie das nächste Glas nicht mehr packt. Sie ärgert sich dermaßen über diese Beleidigung, daß sie sich sofort wieder hinsetzt und ihr Bier austrinkt, um zu beweisen, daß ich unrecht habe, und dann trinken die anderen auch alle. Nach altem Brauch ist jede Diskussion um eine Runde in diesem Spiel beendet, wenn jeder getrunken hat; jetzt kann sie also nicht mehr davon anfangen.

Tank Girl fuchst das natürlich, sie hält sich aber geschlossen. Für's erste habe ich sie ausgetrickst, aber das ist auch nicht allzu schwer. Sie ist eine gefährliche Frau, aber die Hellste ist sie nicht.

KAPITEL 10

Der Regen trommelt weiter gegen die Scheiben und Tank Girl und Jet Girl fangen an, Erinnerungen an alte Zeiten in der Wüste auszutauschen, über die Zeiten, als wir noch kein Wasser hatten.

»Man konnte nicht duschen.«

»Oder baden.«

»Oder sich die Zähne putzen.«

»Oder seine Kleider waschen.«

»Oder sich das Haar waschen.«

»Oder mit Spielzeugschiffchen spielen.«

»Oder schwimmen gehen.«

»Oder Enten mit Brot füttern.«

»Oder einen Stein über eine Wasseroberfläche hüpfen lassen.«

»Oder Leute in einer kalten Nacht vollständig bekleidet in einen Fluß werfen.«

»Oder in Pfützen herumplanschen.«

»Oder mit dem Panzer durch Pfützen fahren und andere naß spritzen.«

»Oder Wasserski fahren.«

»Oder Schnorcheln.«

»Oder Tauchen.«

»Oder Surfen.«

»Es muß irgendwo ein Meer gegeben haben, auf dem man surfen konnte«, sagt der Professor.

»Wahrscheinlich«, stimmt Tank Girl ihm zu. »Aber wir haben es nie gefunden. Jedenfalls kann man sich mit Meerwasser nicht die Zähne putzen. Viel zu salzig, und der Seetang klebt an den Plomben. Aber unter all dem haben wir lange nicht so gelitten wie unter der ständigen Bierknappheit. Auch wenn ihr's kaum glauben könnt: Es gab echt Tage, an denen wir keinen Tropfen Bier auftreiben konnten.«

Sie verstummt und schüttelt sich bei dieser bitteren Erinnerung.

»Könnt ihr euch das vorstellen? Kein Bier! Sämtliche Brunnen und andere Wasserquellen wurden von Water and Power kontrolliert, und die haben natürlich kein Bier für die Allgemeinheit daraus gebraut. Die haben alles für sich behalten. Die Soldaten liefen herum und pfiffen sich demonstrativ Dosenbier ein, während das darbende Volk gequält zusah.

Es gab ein paar illegale Brauereien, in Tälern, wo Leute ihre eigene Quelle gefunden hatten und damit ihr eigenes Bier machten, aber das war eine gefährliche Sache. Für Water and Power war es eine Top-Priorität, solche Brauereien aufzuspüren. Aber auch wenn sie unentdeckt blieben, bedeutete das nicht unbedingt, daß Jet und ich Bier von ihnen bekamen. Es gab so wenig davon, daß sie sich manchmal sogar weigerten, einer verzweifelten Frau auch nur einen halben Liter zu verkaufen, und behaupteten, sie bräuchten alles selbst. So eine Gemeinheit. Es hat mich immer rasend gemacht. Hätte ich meine eigene Brauerei gehabt, hätte ich das Zeug kostenlos ausgeschenkt. Tank Girl ist berühmt für ihre Großzügigkeit.«

Das ist sie nicht. Höchstens für ihre Dummheit.

»›Jet Girl‹, habe ich damals gesagt. ›Wir müssen in der Sache etwas unternehmen. Dauerhafte Bierabstinenz hat katastrophale Auswirkungen auf meine Gesundheit und verdüstert mein sonniges Gemüt. Was wir brauchen ist unsere eigene Brauerei. Wir müssen uns was ausdenken!‹

Dann haben wir eine Weile nachgedacht.

›Als erstes brauchen wir unsere eigene Quelle‹, sagte ich.«

»War ich es nicht, die das gesagt hat?« meint Jet Girl.

»Nein, das war ich. Du wolltest zuerst die Bierdosen entwerfen. Also haben wir einige Zeit in der Wüste nach Wasser gesucht, aber das war ziemlich hoffnungslos. Ich meine, habt ihr schon mal versucht, in aller Eile eine Wasserader zu finden? Es klappt einfach nicht. Dann fiel mir ein, daß es früher einmal Menschen gegeben hatte, die man Wünschelrutengänger nannte. Sie gingen mit Stöcken in den Händen umher, und die Stöcke fingen an zu zittern oder nach unten zu zeigen oder so was, wenn diese Rutengänger über eine verborgene Quelle hinweggingen. Aber es gelang uns nicht, einen solchen Wünschelrutengänger ausfindig zu machen. Sie waren alle von Kesslee ins Gefängnis gesteckt worden. Er hatte alle Wünschelrutengänger zu gefährlichen subversiven Elementen erklärt.

Inzwischen war ich völlig frustriert. Water and Power hatte sämtliche illegalen Brauereien, die wir kannten, dichtgemacht, und es war einfach nirgendwo Bier zu kriegen.

›Zum Henker‹, sagte ich. ›Ich werde selbst Wasser finden. So schwer kann das doch nicht sein. Man muß nur herumlaufen und dabei zwei Stöcke schwenken. Das kann ich auch.‹ Also habe ich Jet Girl in ihrem Jet losgeschickt, Hopfen, Gerste und eine Brauanleitung zu besorgen, während ich mich mit den Stöcken auf Wassersuche machte.«

Tank Girl schürzt die Lippen.

»Habt ihr schon mal versucht, über eine brennendheiße Wüste zu gehen und dabei zwei Stöcke zu schwenken? Absolut lächerlich. Ich kam mir vor wie ein Idiot.

Schließlich sagte ich mir, daß es vielleicht einfacher wäre, mich hinten auf meinen Panzer zu setzen und herumzufahren, und das habe ich dann eine Weile versucht. Ich saß mit den Stöcken in meinem Klappstuhl und wartete darauf, daß sie anfingen zu zittern, oder zu zucken oder so was.

Wir waren etwa zwei Stunden unterwegs, und ich wollte schon aufgeben, als die Stöcke plötzlich anfingen wie wild zu vibrieren. Das Signal war so stark, daß der ganze Panzer bebte. Wow, dachte ich. Das ist unglaublich. Das muß mindestens ein unterirdischer Fluß sein. Und wißt ihr, was es war?«

»Du hast eine Quelle gefunden?« sagt Booga.

»Nein«, meint Tank Girl. »Ich hatte einen Biertransporter von der Regierung gerammt. Der Fahrer war sofort tot gewesen, und überall lagen Bierkästen rum. Es war ein riesiger Truck, und die Bierdosen rollten in alle Richtungen. Als Jet dann zurückkam, sammelten wir einfach das ganze Bier auf und kehrten zurück zu unserem Versteck, um uns so richtig vollaufen zu lassen. Natürlich hat Jet Girl hinterher alles als reines Glück abgetan, aber das war es nicht. Daß ich den Truck gerammt habe, war reines Können meinerseits. Andere Wünschelrutengänger finden kleine Wasseradern und so'n Zeug. Ich hab' einen ganzen Lastwagen voll Bier geortet.«

»Tank Girl, du bist Sonderklasse«, sagt Booga.

»Danke«, sagte Tank Girl.

»Mendax Puella Testudo sus est«, murmelt der Professor.

»Was soll denn das wieder heißen?« fragt Tank Girl.

»Nicht, nichts«, entgegnet der Professor freundlich, und das ist gut so, als ich ihn nämlich später danach frage, meint er, das wäre Lateinisch für ›Tank Girl ist ein verlogenes Schwein‹.

Vor Beginn der nächsten Runde werde ich dadurch abgelenkt, daß jemand an meinem Ärmel zupft.

Es ist Magdalen, die Anführerin der Shaolin Queens of the Desert. Neben der leuchtendroten Säule auf dem Kopf hat sie vier Ringe in der Nase und zweiunddreißig in den Ohren, ein Wasteland-Rekord, würde ich sagen.

»Wieviel willst du für die Statue haben?« fragt sie.

»Die Statue? Also . . .«

Ich will gerade sagen, daß sie im Grunde nicht viel wert ist, aber natürlich gewinnt mein Händlerinstinkt die Oberhand.

»Also, das Museum in Lugit City ist immer ganz verrückt nach alten Statuen. Ich schätze, sie zahlen mir tausend Zoobies dafür.«

Magdalen schnaubt verächtlich, was gar nicht so einfach ist, wenn man flüstert.

»Du lügst. Das Museum kann dieser Tage gar nicht mehr soviel Geld aufbringen. Wenn du Glück hast, geben sie dir zehn. Die Shaolin Queens bieten dir fünfundzwanzig Zoobies für die Statue.«

»Unter neunhundert kann ich sie nicht hergeben.«

»Dreißig. Mach, was du willst, aber wenn du nicht verkaufst, sehen wir uns gezwungen, Tank Girl mitzuteilen, daß du bei der letzten Runde geschummelt hast. Vier von uns haben gesehen, wie du die Herzzehn aus dem Ärmel gezaubert hast.«

»Äh . . . laß mich darüber nachdenken, Magdalen«, sage ich leicht nervös, als die nächste Runde anfängt. Jet Girl gewinnt diese und die nächste, während ich versuche, mir darüber klarzuwerden, was ich tun soll, und das ist gar nicht so leicht, denn ich muß die ganze Zeit

Bier trinken, Magdalen bedroht mich, und Tank Girl wirft mir immer noch mißtrauische Blicke zu. Ich habe keine Ahnung, warum die Shaolin Queens die Statue unbedingt haben wollen, aber für dreißig Zoobies will ich sie nicht hergeben. Ich bin sicher, daß das Museum mir mindestens fünfzig zahlt. Heutzutage ist Kultur so selten geworden, daß sie immer scharf auf neue Antiquitäten sind, selbst auf so langweilige wie die Statue.

Aber Magdalens Drohung ist ziemlich beunruhigend. Es ist wirklich seltsam, wie das simple Geschäft des Handels einen zuweilen in böse Schwierigkeiten bringen kann. Erst vergangenen Monat hat John the Brute, Bandit King of the Red Mountains, verflucht sei sein Name, gedroht, mich mit bloßen Händen in Stücke zu reißen, nachdem er sich, völlig unbegründet, eingebildet hatte, ich hätte ihn bei einem Waffengeschäft betrogen.

Ich war echt total unschuldig und hab' nur den Zwischenhändler für Wanda the Gun Dealer gemacht. Sie konnten mir auch nachweisen, daß ich einen Großteil des Profits nicht selbst eingesackt hätte, und Wanda glaubte mir.

John the Brute ist wegen dieser Geschichte immer noch sauer auf mich, hab' ich gehört. Ich bin nicht wieder in den Red Mountains gewesen, um herauszufinden, ob das stimmt.

Aber ich schweife ab. Es gefällt mir nicht, daß Magdalen mich auf diese Weise erpreßt, und ich sehe nicht ein, warum ich für die Statue zwanzig Zoobies weniger bekommen sollte, als erwartet, vor allem, da es dieser Tage so schwer geworden ist, zu Geld zu kommen. Aber die Entscheidung wird mir abgenommen. Nach einer besonders schlimmen Pechsträhne bin ich so pleite, daß ich den Einsatz für die nächste Runde nicht aufbringen kann.

Ich gehe zu Magdalen und mache den Handel perfekt. Sie gibt mir die dreißig Zoobies zum Weiterspielen. Ich nehm's von der guten Seite und sage mir, daß dreißig Zoobies gar kein so übler Preis für eine alte Statue sind. Vielleicht wäre das Museum ja gar nicht interessiert gewesen. Also gehört die Statue jetzt den Shaolin Queens of the Desert. Ich wünsche ihnen viel Glück damit. Magdalen erwähnt, daß sie schon länger nach einem Abbild der Göttin gesucht haben, aber mir ist es gleich, ob sie die Statue als Göttin verehren oder als Hutständer benutzen. Sie lassen sie fürs erste auf dem Stuhl. Jemand hat ihr eine Lederjacke angezogen und in der dunklen Ecke sieht es fast so aus, als wäre sie lebendig.

Ich verliere wieder. Jedesmal, wenn ich Schnapp rufe, bin ich viel zu spät dran, und ein anderer streicht die Zoobies ein. Ich kann mich einfach nicht konzentrieren. Der Geldstapel vor mir fängt wieder an zu schrumpfen. Irgendwie ist grad' alles ziemlich kompliziert. Ich fluche auf meine Pechsträhne und frage mich gerade, warum sich das Blatt nicht endlich wieder wendet, als die Tür mit einem lauten Knall auffliegt und eine Gruppe großgewachsener Individuen mit verschlagenen Gesichtern hereinkommt, gefolgt von einigen kleineren Individuen mit noch verschlageneren Gesichtern, gefolgt von John the Brute, Bandit King of the Red Mountains, der bei unserer letzten Begegnung drohte, mich mit bloßen Händen in Stücke zu reißen.

Ich wußte, daß ich nie zu diesem Kartenspiel hätte kommen sollen. Karten bringen einem nichts als Ärger.

KAPITEL 11

»Okay«, verkündet Tank Girl. »Heute ist der achtunddreißigste Tag der Regenzeit. Ich bin randvoll mit Bier, habe die Hand voll Karten und die Nase voll Rotz, und es an der Zeit, euch wegzuputzen, also laßt uns weiterspielen!«

Sie knallt die erste Karte der nächsten Runde auf den Tisch, und es geht weiter. Mit all dem Bier intus wird sie noch manischer und fängt an, auf der Rückenlehne ihres Stuhles zu balancieren, während sie gleichzeitig Schnapp spielt und ihre Geschichte weitererzählt.

»Da war ich nun, endlich frei und mit einem eigenen Panzer in der Wüste.«

Sie fängt an, so zu tun, als fahre sie Panzer – wozu eine Menge Schalten und Gasgeben zu gehören scheint – und ruft ›Bum, bum‹!, wenn sie das imaginäre Geschütz abfeuert. Derweil kommt Jet Girl in Fahrt und erzählt, daß sie in ihrem Jet herumgeflogen ist, worauf beide, sie und Tank Girl, die Arme wie Flügel ausbreiten und kreischen ›Huiiiii! Huiiiii!‹ Die Känguruhs lachen, und Tank Girl tut, als würde sie mit dem Panzergeschütz auf sie feuern und fängt an, mit Erdnüssen um sich zu werfen, so daß die nüchternen unter den Umsitzenden wie ich selbst, Mining Jim und der Professor unablässig den Geschossen ausweichen müssen, während wir uns gleichzeitig bemühen, ein Mindestmaß an Konzentration aufrechtzuerhalten. Schließlich protestiert Mining Jim, worauf Tank Girl in brüllendes Gelächter ausbricht und ihm die Zunge herausstreckt. Es ist wirklich ein Wunder, daß noch keiner sie umgelegt hat.

Ich halte mich derweil auf meinem Stuhl geduckt, teils um den fliegenden Erdnüssen auszuweichen, teils in der schwachen Hoffnung, daß John the Brute, Bandit of the Red Mountains, und seine stinkenden, extrem gewalttätigen Gefolgsmänner mich nicht bemerken.

Jeder weiß, daß John the Brute Tank Girl haßt. Sein Eintreffen hätte von Vorteil für mich sein können, denn es wendet sich das Kräfteverhältnis wieder gegen Tank Girl, aber leider ist John the Brute auf mich auch nicht gut zu sprechen. Daß John the Brute die Red Mountains verläßt und das Risiko eingeht, Regierungssoldaten in die Arme zu laufen, ist sehr ungewöhnlich. Alle Gäste im Bar and Grill sind von seinem Erscheinen zugleich überrascht und schockiert. Abgesehen von Tank Girl. Sie tut, als hätte sie ihn gar nicht bemerkt.

»Jawohl, es war eine schöne Zeit damals in der Wüste«, fährt sie fort. »Ich bin den ganzen Tag mit dem alten Panzer rumgefahren, habe mit Büffeln gespielt und ab und zu kleine Gefechte mit Soldaten von Water and Power ausgetragen. Sie kamen ständig an und forderten ihren Panzer zurück, woraufhin ich gezwungen war, sie wegzupusten, und das war zuerst auch ganz lustig; erst mit der Zeit wurde es langweilig. Und da kam ich auf die geniale Idee, den Panzer so zu frisieren, daß sie ihn nicht mehr wiedererkennen würden.«

»Das war meine Idee«, bemerkt Jet Girl und schüttelt das lange schwarze Haar.

»Wie auch immer«, sagt Tank Girl. »Wir fuhren zu dieser Werkstatt am Arsch der Welt, um den Panzer und den Jet anmalen zu lassen, und ratet mal, wem wir dort begegnet sind? Noddy und Big Ears! Nein, das ist gelogen. Wir haben Sub Girl getroffen. Sie hatte damals natürlich noch kein U-Boot, aber man konnte sehen, daß es nur noch eine Frage der Zeit war. Sie war ganz einfach der U-Boot-Typ. Ich meine, sie ist rumgelaufen und hat ständig so was gefaselt wie ›der große Regen kommt, der große Regen kommt‹. Also, wenn ich so darüber nachdenke, war das alles, was sie von sich gegeben hat, was zu ziemlich eigenartigen Gesprächen geführt hat, wenn man ihr zum Beispiel eine Tasse Tee anbot.«

»Damals hat es nie geregnet«, sagte Sub Girl, die mit ihrer komischen, teilweise ausrasierten Frisur und den bunt zusammengewürfelten Lederklamotten eine gewisse Ähnlichkeit mit Tank Girl hat.

»Es hatte seit dem Kometen nicht mehr geregnet. Aber ich sah für die Zukunft Regen voraus.«

Da es inzwischen jedes Jahr vierzig Tage und Nächte ohne Unterbrechung regnet, läßt sich dem schlecht widersprechen.

»Wir haben tolle Pinselarbeit am Panzer und am Flugzeug geleistet. Mein Panzer war begeistert von den bunten Farben, dem Chrom und den Cadillac-Aufklebern. Eine rollende, schrille Kriegsmaschine, wie sie zu einem Mädchen mit meiner gesellschaftlichen Stellung paßt. Wahrscheinlich wären wir weiter in der Wüste herumgezogen, wenn Sub Girl nicht erwähnt hätte, daß Little Wee Sam im Liquid Silver Good Time Bordell gefangengehalten würde. Das waren schlechte Neuigkeiten, immerhin war Little Wee Sam erst zehn, als die Soldaten sie aus der Hippiekommune entführten, und noch völlig unschuldig und ahnungslos, was die Niedertracht dieser Welt anbelangt.«

Little Wee Sam schnarcht immer noch volltrunken unter dem Tisch, wenn auch ihre Hände irgendwann während der vergangenen Stunden zwischen ihre Beine gewandert sind. Tank Girl hatte wohl keinen guten Einfluß auf sie.

»Was haben wir also getan?«

»Erzähl es uns«, sagt Booga enthusiastisch und schlackert auf besonders lächerliche Weise mit den Ohren.

»Wir haben uns aufgemacht, sie zu befreien!«

Die Känguruhs jubeln.

»Schnapp!« schreit Tank Girl und gewinnt die Runde. Ich trinke und schneide eine Grimasse. Ich bin dran mit Geben. Ich mische die Karten.

Tank Girl scheint ein wenig den Faden verloren zu haben und erzählt jetzt von Kesslee und seinem Roboterarm.

»Er hat sich diesen Roboterarm voller Waffen und Kreissägen und all so 'nem Zeug annähen lassen, für den Arm, den er bei dem Kampf mit den Rippers verloren hatte. Später behauptete er dann, er hätte sich ohne Narkose operieren lassen, weil er gegen Schmerz immun wäre, aber das ist bestimmt gelogen. Jedenfalls war er ein komischer Vogel. So gut wie kein Sinn für Humor. Einmal, als ich noch seine Gefangene war, legte ich einen Hundehaufen auf seinen Lieblingsstuhl, unmittelbar bevor er sich hinsetzte, aber er konnte das überhaupt nicht komisch finden. Er hat deswegen sogar vier seiner Wachen hinrichten lassen. Aber genug vom blöden alten Kesslee, wenn ihr auch nicht vergessen dürft, daß er und seine Handlanger in der Zeit, von der ich erzähle, immer noch die Welt regierten und alle mit ihren hohen Steuern und ihrer Tyrannei ins Elend stürzten.«

Sie rülpst und kippt ein weiteres Bier herunter; Sub Girl zieht mit. Ich traue Sub Girl nicht so recht. Sie hat sich bisher ziemlich still verhalten, einige Runden gewonnen und ihr Bier getrunken, ohne daß es merkliche Wirkung gezeigt hätte. Sie scheint ihre Kräfte zu sparen. Es würde mich nicht wundern, wenn sie bis zur letzten Runde durchhalten würde.

Während Mining Jim die Karten mischt, beugt der Professor sich zu mir herüber, ein weises Glitzern in den Augen. Das beunruhigt mich ein wenig, da bekannt ist, daß der Professor eine Schwäche für lateinische Zitate hat. Das bereitet mir immer ein wenig Unbehagen, da er, soweit ich weiß, der einzige Mensch auf Erden ist, der noch Latein spricht und ich immer um eine Antwort verlegen bin. Diesmal erspart er mir jedoch alte Zitate und sagt statt dessen etwas wirklich Interessantes.

»Ich bin dir wirklich dankbar für die Bücher, die du mir mitgebracht hast, Trader. Der *Vicar of Wakefield* war besonders interessant. Ich möchte dir also einen Rat geben. Verkauf die Statue nicht für dreißig Zoobies an die Shaolin Queens. Und auch nicht für fünfzig an das Museum.«

»Warum nicht?«

»Weil es sich um die Venus von Milo handelt.«

»Die was?«

»Die Venus von Milo. Hast du noch nie von ihr gehört?«

Ich schüttle den Kopf. Mein Spezialgebiet sind die Siebziger, ihr versteht.

»Die Venus war in den alten Tagen, vor dem Aufprall des Kometen, eins der bedeutendsten Kunstwerke der Welt. Sie ist unglaublich wertvoll. Unbezahlbar. Sogar auf diesem gottverlassenen Kontinent muß sie etwa eine Million Zoobies wert sein.«

Ich bin baff. Eine Million Zoobies?

»Du machst Witze.«

»Ich meine es völlig ernst.«

»Aber sie kann unmöglich soviel wert sein«, protestiere

ich. »Sie hat ja nicht einmal Arme. Sie müssen beim Aufprall des Kometen abgebrochen sein.«

Der Professor antwortet, daß sie auch vor dem Aufprall des Kometen schon keine Arme mehr hatte. Offenbar spielt das keine Rolle. Sie ist dennoch unbezahlbar.

Ich bin wütend. Ich habe gerade eine Statue, die eine Million Zoobies wert ist, für läppische dreißig Zoobies an die Shaolin Queens verkauft. Warum konnte der Professor das nicht früher sagen?

»Eine Million Zoobies«, stöhne ich.

»Hat gerade jemand etwas von einer Million Zoobies gesagt?« fragt Tank Girl und beugt sich mit gespitzten Ohren über den Tisch. Ich werde sofort stumm wie ein Fisch.

KAPITEL 12

Big Mary steht mit Wischlappen und Eimer im Hintergrund, und ich sehe, daß sie nur auf das Ende dieser Runde wartet, um eine Spielpause anzukündigen. Außerdem bemerke ich, daß sie sich zu den zwei Pistolen, die in ihrer Schürze stecken, ein kleines Gewehr auf den Rücken geschnallt hat. Ich schätze, John the Brutes Erscheinen in ihrem Bar and Grill hat sie ein wenig beunruhigt. John the Brute streift gewöhnlich nur durch die Red Mountains und raubt jeden aus, der ihm über den Weg läuft. Er ist eben nicht bekannt für Freundschaftsbesuche, und seine Ankunft kann nur Ärger bedeuten.

Neben seinem üblichen Gefolge aus brutalen Leibwächtern, zu denen auch Loretta Dragon Slayer gehört, kontinentale Meisterin im Kung-Fu, ist er diesmal in Begleitung der Vier Zwerge, und mit diesen vier Zwergen ist wirklich nicht gut Kirschen essen. Ich meine, es sind keine freundlichen kleinen Zwerge mit roten Zipfelmützen und pausbäckigen Gesichtern. Sie sind schrecklich bösartige und grausame Zwerge, etwa eins zwanzig groß und eins fünfzig breit, mit Muskeln wie Bierfässer und Fäusten wie Vorschlaghämmer, und jeder trägt eine schwere Axt über der Schulter. Kurz, sie gehören nicht unbedingt zu der Art von Leuten, mit denen man an einem Tisch sitzen möchte. Schon gar nicht, wenn ihr Boß der Ansicht ist, man hätte ihn bei einem Waffengeschäft übers Ohr gehauen.

Nun, da so viel los ist, und der Professor mir noch vom Wert der Statue erzählt hat, fällt es mir schwer, mich auf das Spiel zu konzentrieren, und ich verpasse die Gelegenheit, die nächste Runde zu gewinnen. Sie geht an Sub Girl. Wir trinken alle. Mein Magen rebelliert. Big Mary kommt an den Tisch und kündigt eine Pause an.

Ich schleiche mich vom Tisch fort, werde aber sofort von Loretta Dragon Slayer gepackt. Sie befindet sich in Begleitung zweier Zwerge mit Äxten.

»John the Brute will mit dir reden«, sagt sie.

»Ich habe im Augenblick zu tun«, entgegne ich. »Wäre es ihm vielleicht morgen um zwei recht?«

Loretta packt meinen Arm mit nervenbetäubendem Griff und führt mich quer durch den Raum. Okay, ich gehe mit und rede mit John the Brute.

Die Wasteland Ninjas, die Post Apocalypse Biker Girls, die Post Apocalypse Biker Boys und die Shaolin Queens of the Desert hängen alle um die Bar herum. Die meisten kippen ein Glas nach dem anderen in sich hinein, aber sie alle sehen interessiert zu, als Loretta Dragon Slayer in ihrem recht ansehnlichen silbernen Samurai-Outfit mich in die Ecke dirigiert. John the Brute wartet auf mich, wenngleich ich kein Anzeichen von Wiedersehensfreude auf seinem vernarbten Gesicht feststellen kann, als ich endlich vor ihm stehe. Frechheit siegt, sage ich mir.

»Hallo, John the Brute, Bandit of the Red Mountains«, sage ich mit aller Unbekümmertheit, derer ich fähig bin. »Wie schön, dich außerhalb deines Reviers zu sehen. Ich habe erst letztens zu ein paar Freunden gesagt, wie schön es wäre, wenn du aufhören würdest, dich in den Red Mountains zu verstecken und uns hier unten in den Wastelands besuchen würdest. Wir haben dich alle vermißt. Wie geht's denn so? Gute Konjunktur für Raubmörder?«

John the Brute ist mindestens zwei Meter vierzig groß, hebt mich hoch und hält das Gesicht dicht vor meins.

»Ich sollte dir gleich hier das Licht ausblasen«, knurrt er. Die Zwerge hinter ihm kichern.

»Mir das Licht ausblasen? Mir? Dem ehrlichen und allseits beliebten Trader? Da muß eine Verwechslung vorliegen.«

Seine riesigen Hände packen fester zu, so daß ich kaum noch Luft bekomme.

»Du hast mich bei dem Waffengeschäft übers Ohr gehauen.«

»Das ist nicht wahr«, protestiere ich keuchend.

»Doch, das hast du. Auf dem Weg von mir zu Wanda the Gun Dealer ist Geld verschwunden.«

»Wieder mal die Post«, seufze ich. »Wirklich schlimm, was da zur Zeit abgeht . . .«

John the Brute tippt mir leicht auf den Kopf. Ich bin fast k.o. von dem spielerischen Schlag.

»Du hast das Geld eingesackt. Versuch gar nicht erst, es zu leugnen. Aber darum bin ich nicht hier. John the Brute legt keine so große Strecke zurück, nur um einem Wasteland-Wurm wie dir ein wenig Geld abzuknöpfen. Ich bin wegen der Statue gekommen.«

Ich komme nicht ganz mit.

»Wie bitte?«

»Die Statue. Die Venus von Milo. Ich weiß, daß du sie hast, weil sie hinten in deinem Truck lag, als du auf dem Rückweg von den Red Mountains in O'Hallerans Werkstatt warst. O'Halleran ist ein Freund von mir.«

Ich fluche. Ein dummer Fehler, sie dort herzuzeigen. Aber natürlich wußte ich damals noch nicht, worum es sich handelte. Und wer hätte gedacht, daß O'Halleran in der Lage wäre, ein wertvolles Kunstwerk zu erkennen. Nach ein paar Drinks erkennt er nicht mal seine Mutter wieder. Na ja, genaugenommen kennt niemand O'Hallerans Mutter, wenn ihr versteht, was ich meine.

»Sei doch bitte so freundlich, mich runterzulassen, damit wir diese Angelegenheit in Ruhe besprechen können.«

Er läßt mich los, und ich plumpse zu Boden. Die Zwerge kichern. Das viele Bier rumort in meinen Eingeweiden, und ich versuche, schnellstens meine Gedanken zu ordnen.

»Äh, und warum interessierst du dich dafür?« erkundige ich mich höflich, um ein wenig Zeit zu gewinnen.

»Ich will sie als Geschenk für meine Partnerin«, sagt er. »Juliet, Bandit Queen of the Red Moutains.«

Diesmal kichern die Zwerge nicht. Es muß ihm ernst damit sein.

Am anderen Ende des Raumes stimmen Alvin und seine Band die Instrumente, und Tank Girl brüllt sich wegen irgendwas die Lunge aus dem Leib.

»Nun, John the Brute, ich würde mich freuen, Geschäfte mit dir zu machen, und ich kann es kaum erwarten, mit den Verkaufsverhandlungen zu beginnen. Aber ich muß dir leider sagen, daß du nicht der einzige Interessent bist. Mir sind bereits verschiedene großzügige Angebote unterbreitet worden, und das Interesse an diesem Kunstwerk steigt ständig. Es kommt nicht alle Tage vor, daß der bedeutendste Kunstschatz der Welt zum freien Verkauf steht.«

John the Brutes Augen verengen sich, und auf sein Gesicht tritt ein wirklich furchterregender Ausdruck.

»Hat Tank Girl dir ein Angebot gemacht?« fragt er argwöhnisch. »Wenn sie hinter der Statue her ist, bring' ich sie um.«

»Sie hat vages Interesse angedeutet«, lüge ich, verzweifelt bemüht, mir alle Möglichkeiten offenzuhalten.

»Ich biete dir zweihundert Zoobies«, sagt John.

»Nun, ich fürchte, zu einem solchen Tiefstpreis ist dieses einzigartige Stück nicht zu haben«, sage ich. »Dafür hole ich die Venus nicht einmal aus ihrem sicheren, gutbewachten Versteck.«

Das ist ein wirklich verzweifelter Bluff meinerseits, da die Venus von Milo sich keineswegs in einem gutbewachten Versteck befindet, sondern tatsächlich am Spieltisch sitzt. Aber in der Bar ist es ziemlich dunkel, und sie hat eine Baseballmütze auf und eine Lederjacke an, so daß immerhin die Chance besteht, daß er sie nicht bemerkt.

John the Brute grunzt.

»Wie wäre es, wenn ich dich einfach in Stücke reiße, wie ich es versprochen habe?«

»Dann wird die unvergleichliche Juliet, Bandit Queen of the Red Moutains, ihr Boudoir nie mit der Venus von Milo schmücken können«, entgegne ich.

Er macht ein nachdenkliches Gesicht, und ich nutze die Gelegenheit, an den Tisch zurückzuhasten, wobei ich fieberhaft nachdenke. Ich hätte dem Räuberhauptmann einfach sagen können, daß ich die Statue bereits an die Shaolin Queens verkauft habe, aber ich habe nicht vor, mich mit nur dreißig Zoobies für diesen unbezahlbaren Schatz abspeisen zu lassen. Ich werde sie Magdalen irgendwie wieder abschwatzen müssen.

KAPITEL 13

»Liquid Silver!« sagt Tank Girl, als wir das Spiel wiederaufnehmen, »das war damals das Unterhaltungszentrum der Welt. Billige Wüstenpostkarten und ein Fünf-Sterne-Büffelburger-Restaurant. Glücksspiel und Saufen bis spät in die Nacht, und Abschaum wie ich hatte keinen Zutritt. Im Liquid Silver Good Time Bordell verkehrten stinkreiche Männer, um sich von Sängerinnen, Tänzerinnen, Stripperinnen und Prostituierten unterhalten zu lassen; der Laden gehörte Water and Power, denen gehörte sowieso alles. Sie hatten Sam also gefangengenommen und dorthin geschleppt. Klarer Fall, daß ich sie befreien mußte.«

»An diesem Wochenende hatten wir sowieso nichts Besseres vor«, wirft Jet Girl ein.

»Und an diesem Wochenende hatten wir sowieso nichts Besseres vor«, stimmt Tank Girl ihr zu. »Also fuhren wir in meinem Panzer hin und baten den Türsteher freundlich, uns reinzulassen. ›Okay, Pizzagesicht‹, sagte ich zu ihm. ›Beweg deinen Arsch, sonst passiert was‹.

Er rührte sich nicht, und da hab' ich ihm eine verpaßt. Ich kann es nicht ab, wenn ich meine Zeit mit Türstehern verplempern muß. Als ich drinnen war, kam so eine unfreundliche Alte auf mich zu, und ich wollte ihr gerade auch eins verpassen, als mir klar wurde, daß sie dachte, ich wollte hier arbeiten.«

Sie legt den Kopf in den Nacken und lacht.

»Könnt ihr euch vorstellen, daß ich als Prostituierte arbeite?«

»Ja«, brummt der Professor. Mining Jim, Wanda the Gun Dealer und ich bejahen ebenfalls, aber leiser.

»Also bin ich hinter ihr her in den Umkleideraum gegangen. Das war so eine Art Kabine, in der ein Computer einem erzählte, wie man eine perfekte Prostituierte wird. Man muß sich ein langes Glitzerkleid und hochhackige Schuhe anziehen und Make-up auflegen und so 'n Zeug; ich hab' das natürlich abgelehnt, weil ich lange Glitzerkleider nicht ausstehen kann und hochhackige Schuhe Gift für den Rücken sind. Aber sie hatten da eine ziemlich geile kleine Maschine für Piercings, mit der hab' ich mir Ohrstecker in die Ohren und an andere Stellen gejagt. Und dann habe ich mit dem Frisierapparat herumgespielt, meine Locken ein bißchen länger gemacht und mit das Haar stellenweise grün und gelb gefärbt. Mit den gefärbten Locken, dem Blut an den Stellen, wo ich mir Piercings gesetzt hatte, und mit meinen geliebten Motorradstiefeln hab' ich echt scharf ausgesehen. Eine richtige Augenweide. Als ich die Kabine verließ, geriet ich sofort in Schwierigkeiten. Überall waren Wachen, und der erste Rausschmeißer, der mich sah, kriegte sofort mit, daß irgendwas nicht stimmte. Keine Ahnung warum. Vielleicht, weil ich den Lippenstift unter den Augen zu stark aufgetragen hatte. Er fing an rumzumeckern, und da hab' ich ihm mit der Ohrringpistole ein paar Ohrstecker durch die Backen gejagt. Danach lag er nur noch stöhnend rum, und ich machte mich auf die Suche nach Sam.

Das Bordell war erste Sahne, wirklich vom Feinsten, überall Marmorböden und Whirlpools und dergleichen. So was von der Art wie es sich nur ein totaler Hirni ausdenken kann. Ganz oben waren Privatzimmer. Ich fing an, sie zu durchsuchen, und das war eine ziemlich interessante Erfahrung. Ziemlich scharfe Sauereien, die da abgingen, echt ziemlich interessante Sachen, und mir fiel ein, daß mein Sexualleben auch mal wieder ein bißchen Schwung vertragen könnte, wenn ich nur den richtigen Partner finden könnte. Die Leute in den Zimmern waren nicht gerade begeistert, als sie mich sahen. Entweder sie versteckten sich unter den Laken, oder sie warfen Kopfkissen nach mir. Bald herrschte ein ziemliches Chaos, weil die Freier rumrannten und ihr Geld zurückverlangten. In dem Moment hörte ich zum Glück im Nebenzimmer Sam schreien. Sie schrie ›Faß mich nicht an, du blöder Mann, ich bin erst zehn und total unschuldig!‹ oder so was in der Art. Ich bin also nach nebenan gestürmt, um sie zu retten, aber sie kam auch allein recht gut klar. Sie hatte einen Danger Ball, eine der wahnsinnig fortschrittlichen Waffen von Water and Power, die explodiert und sich dann wieder zusammensetzt, so daß man sie noch mal benutzen kann.«

»Wissenschaftlich unmöglich«, bemerkt der Professor.

»Trotzdem hatte sie einen«, entgegnet Tank Girl pikiert. »Und sie hat dem Mann die Hand damit weggeblasen. Und als er dann blutend dalag, hab' ich ihm noch erklärt, daß er's nicht besser verdient hat.

›Das hast du davon, daß du ein Perversling bist, Arschgesicht‹, sagte ich ihm ernsthaft, und dann gingen wir.

Sam freute sich natürlich tierisch, mich zu sehen, und hat Freudentränen geweint, als wir nach unten rannten. Inzwischen liefen überall Wachen rum, aber ich habe sie ganz allein mit meinem guten alten Baseballschläger niedergemacht . . .«

»Hast du nicht«, wendet Jet Girl ein. »Ich hab' mich durch die Hintertür reingeschlichen und dir geholfen.«

»Jet Girl mir ein bißchen geholfen«, gestand Tank Girl ihr zu. »Aber ich hab' der Puffmutter die Pistole an den Kopf gehalten und gedroht, ihn wegzupusten, wenn sie nicht alle die Waffen weglegten und uns gehen ließen. Der Trick kommt ein paarmal bei Kojak vor, und davon hab' ich in den letzten Jahren 'ne Menge gesehen. Wir liefen nach draußen, stiegen in den Panzer, schnappten uns noch ein paar Büffelburger und ein paar Tassen Tee und fuhren fröhlich los. Das war's. Sam war gerettet, und ich hatte ein hübsches neues Outfit und 'ne neue Frisur, damit sind wir auf und davon, zurück in die Wüste, für ein bißchen Spaß und Entspannung. Im Liquid Silver ging es drunter und drüber, das könnt ihr mir glauben. Ich lasse gern ein Chaos hinter mir zurück. Sonst fehlt mir was.

Ich hab' ein paar Klappstühle und Gartenmöbel oben auf meinem Panzer festgeschnallt, um zwischen den Prügeleien, Verwüstungen und Saufgelagen ein bißchen braun zu werden. Da fällt mir ein . . .« Sie leert ihr Bierglas und verlangt lauthals nach mehr.

»Du hast nicht den Mumm, mich unter den Tisch zu trinken, Trader«, höhnt sie. »Den hat keiner von euch.« Sie schüttet ein weiteres Bier in sich hinein.

Der folgende Teil von Tank Girls Geschichte ist unerträglich weitschweifig und besteht aus endlosen Berichten von Sauftouren und Sonnenbädern auf ihrem Panzer. Sie spricht von ihrem Panzer, als wäre er ein Freund, was wieder einmal beweist, was für ein seltsamer Mensch sie ist – oder auch, wie wenig Freunde sie hat. Aber mir fällt auf, daß sie, während sie erzählt, hin und wieder einen Blick auf John the Brute wirft. Klar, sie hat zwar nicht geruht, seine Anwesenheit zur Kenntnis zu nehmen, aber sie weiß genau, daß sie Ärger kriegen wird. Sie hassen einander. Wenn es stimmt, daß Brute die Statue für Juliet haben will, ist er nicht in Big Mary's Bar and Grill gekommen, weil er Tank Girl treffen wollte, aber er muß gewußt haben, daß er sie wahrscheinlich treffen würde. Tank Girl nimmt immer am jährlichen Wasteland Schnapp- und Trinkwettbewerb teil. Wahrscheinlich hat er deshalb neben seiner üblichen Leibgarde die Vier Zwerge und Loretta Dragon Slayer mitgebracht. Loretta ist als Kämpferin echt berühmt. Na ja, jeder, der herumläuft und Drachen tötet, kann wohl auf sich aufpassen. Viele Drachen laufen jedenfalls nicht mehr herum; sie muß also gut sein als Drachentöter.

Wenn es Ärger gibt, steht uns eine ziemliche Schlacht bevor, und ich frage mich, was ich tun muß, um hier zu gewinnen oder wenigstens zu überleben.

Ich betrachte die verschiedenen Kampfeinheiten, die sich in der Bar versammelt haben, und wäge bei jeder von ihnen ab, wie die Chancen stehen. Aller Wahrscheinlichkeit nach würden John the Brute, Loretta Dragon Slayer, die vier Zwerge, die Wasteland Ninjas und die Post Apocalypse Biker Girls gegen Tank Girl, Jet Girl, Sub Girl, die Känguruhs, die Shaolin Queens und die Post Apocalypse Biker Boys antreten. Eine echte Jahrhundertschlacht. Ich bin nicht sicher, wer gewinnen würde. Natürlich hat Tank Girl noch nie einen Kampf verloren. Aber John the Brute auch nicht.

Das Kartenspiel setzt sich fort, und inzwischen fällt es mir noch schwerer, mich zu konzentrieren, weil Alvin auf der kleinen Bühne am anderen Ende des Raumes begonnen hat zu spielen. Der Lärm ist ohrenbetäubend, und jeder, der Schnapp ruft, muß laut brüllen. Sich unter diesen Umständen zu konzentrieren ist außerordentlich schwierig, und nur meine grimmige Entschlossenheit, Geld zu gewinnen, hält mich aufrecht. Einziger Vorteil ist, daß der Lärm Tank Girl vorübergehend zwingt, ihre Geschichte zu unterbrechen, jedenfalls bekomme ich nichts mehr davon mit. Das letzte, was sie sagt, ist so etwas wie: »Aber dann ließ diese blöde Sam sich wieder von Water and Power entführen, und diesmal brachten sie sie ins Hauptquartier«. Dann macht das Getöse jede weitere Unterhaltung unmöglich. Ich weiß nicht, wie es zu Sams zweiter Entführung kam. Es interessiert mich auch nicht. Tank Girl hat es wahrscheinlich auch nicht interessiert, es sei denn, Sam sollte gerade eine Runde ausgeben.

KAPITEL 14

Ootsie, ein junger Lehrling bei den Wasteland Ninjas, hat die anderen Ninjas am Pooltisch zurückgelassen, sich unauffällig einen Weg durch die Bar zum Spieltisch gebahnt und steht jetzt direkt hinter Sub Girl. Er schaut ihr eine Weile bewundernd zu, wie sie völlig ruhig und konzentriert in dem totalen Lärm Karten spielt.

Die Königin der Meerestiefen ist recht wortkarg und

mischt sich weder in Tank Girls endlose Erzählungen ein, noch singt sie mit den anderen zu Alvins Musik mit. Sogar Mining Jim, ein kräftiger Mann mittleren Alters in einer schmierigen Weste, der noch nie etwas für Popmusik übrig hatte, wippt unter dem Tisch im Takt mit dem Fuß. Das siebenundzwanzigstündige Saufgelage hat ihn wohl seine gute Kinderstube vergessen lassen. Sub Girl sitzt jedoch reglos da, die Augen auf das Spiel geheftet und voll konzentriert.

Es gibt keine Frauen bei den Wasteland Ninjas. Ootsies Leben besteht fast ausschließlich darin, mit einer Gruppe von Männern in der Wüste seine Ninja-Techniken zu perfektionieren. Und wenn sie nicht gerade trainieren, sitzen sie schweigend um ein Lagerfeuer herum. Big Mary's Bar and Grill ist eine völlig neue Erfahrung für Ootsie.

Er tritt näher an Sub Girl heran, bis er etwa in Höhe ihres Ellbogens steht, und fährt fort, sie bewundernd anzustarren. Sie ist ganz in Leder gekleidet und trägt das Haar, das an beiden Seiten des Schädels geschoren ist, zu einem strengen Pferdeschwanz gebunden, der von einem roten Band gehalten wird.

KAPITEL 15

›Was für ein hübsches Band‹, denkt Ootsie und verliebt sich prompt in sie. Das ist recht unglücklich, weil die Wasteland Ninjas Todfeinde von Tank Girl und ihren Kumpels sind.

Eine halbe Stunde später beendet Alvin den ersten Set.

Für mich ist es eine schwierige halbe Stunde gewesen, in der ich einen Haufen Geld verloren und Unmengen Bier getrunken habe. Seit der katastrophalen Neuigkeit über die Venus von Milo habe ich mich nicht mehr konzentrieren können und auch kein Blatt mehr gewonnen. Ich kann nicht mehr klar denken und bin fast pleite. Tank Girl, Sub Girl und Wanda Gun Dealer scheinen noch frisch zu sein, aber ich selbst, der Professor, Mining Jim und Jet Girl zeigen deutliche Anzeichen von Ermüdung – ebenso wie Booga und Donner, die blöden Känguruhs.

Ich bin todmüde und überlege nicht zum erstenmal, ob ich nicht einfach aufgeben soll, aber es gibt einige gute Gründe, weshalb ich gar keine andere Wahl habe als weiterzuspielen. Zum einen habe ich einen Ruf als Meistertrinker zu verteidigen, und ich weigere mich strikt, mich von irgend jemandem unter den Tisch trinken zu lassen, wenn ich auch zugeben muß, daß Tank Girl auf dem besten Weg dahin ist. Zum anderen will ich das Preisgeld in Höhe von zweihundert Zoobies gewinnen, zuzüglich der Spieleinsätze, die dem letzten Spieler in der Runde zufallen. Außerdem habe ich bei ZugZug der Buchmacherin eine gewaltige Wette auf meinen Sieg abgeschlossen, und ich werde meine Wettschulden nicht bezahlen können, wenn ich verliere. Natürlich ist ZugZug eine brutale Schlampe – das muß sie wohl sein, wenn sie als Buchmacherin in den Wastelands überleben will. Außerdem hat sie jede Menge Eintreiber, und die sind jederzeit bereit, zahlungsunfähige Schuldner fertigzumachen.

Es gibt viel zu viele brutale und grausame Menschen in den Wastelands. Manchmal denke ich, ich sollte meine Sachen packen und in Lugit City ein beschauliches Leben als Bibliotheksgehilfe führen.

Andererseits könnte ich, wenn es mir gelänge, mit der Venus von Milo bis nach Lugit zu kommen, die Statue für Tausende oder gar Millionen von Zoobies verkaufen, und damit wären all meine Probleme gelöst. Das Problem ist nur, wie ich sie von den Shaolin Queens zurückbekomme. Bisher habe ich noch keine Lösung gefunden, aber die Grübelei über die Venus bringt mich auf eine Idee, wie ich Geld auftreiben kann, um im Spiel zu bleiben. Ich werde sie noch einmal verkaufen. Natürlich gehört sie bereits Magdalen, aber wenn ich den Wettbewerb gewinne, kann ich jedem, den ich beschissen habe, sein Geld zurückzahlen. Das klingt wie ein guter Plan. Wahrscheinlich, weil ich seit dreißig Stunden Bier in mich hineinschütte.

Als Alvins elektronisches Gewitter verstummt, verliert Tank Girl keine Zeit, ihre Geschichte dort wiederaufzunehmen, wo sie unterbrochen hat.

»Da waren wir also, wieder einmal vom Schicksal gefickt«, sagt sie. »Little Wee Sam in der Gewalt von Water and Power, und diesmal hatten sie sie in ihr Hauptquartier gebracht, wo sie von einer ganzen Armee von Soldaten, Panzern und Raketen und dergleichen Zeug bewacht wurde. Wie ihr zweifellos wißt, bin ich nicht die Frau, die sich vor ihren moralischen Pflichten drückt, und ich empfand es als meine Pflicht, sie zu befreien. Also dachte ich mir ein paar Wochen später, als uns das Bier ausging, einen Plan aus.

›Was wir brauchen‹, sagte ich zu Jet Girl, ›ist ein bißchen Hilfe von außen. Wir sollten eine Armee rekrutieren, das Hauptquartier von Water and Power stürmen und die Schweine ein für allemal ausradieren. Ich meine, sie haben es nicht anders verdient. Ich bin es leid, daß sie ständig versuchen, mir den Spaß zu verderben. Man kann nicht mal auf 'nen Drink und 'nen Curry ausgehen, ohne daß eine ganze Schwadron ihrer Soldaten auftaucht und einem den Spaß verdirbt. Und bis man die Kerle umgenietet und sich das Blut von den Händen gewaschen hat, ist der Reis kalt geworden. Und jetzt haben sie die kleine – wie heißt sie noch gleich? – Sam, ja, genau, also, jetzt haben sie die kleine Sam entführt und foltern sie zweifellos auf grausamste Art und Weise. Weißt du, daß dieser Kesslee die Gewohnheit hat, seinen Opfern Gedichte vorzutragen? Der Kerl ist ein Monster. Völlig skrupellos. Und er kennt keine Gnade. Mir reicht's. Es ist höchste Zeit, Water and Power ein für allemal auf den Müll der Geschichte zu werfen.‹«

Die Känguruhs jubeln. Diese blöden Viecher.

»Jet Girl war ganz anderer Meinung, sah aber keine Chance, irgendwo eine Armee aufzutreiben; dann habe ich ihr einen Plan eröffnet, der als geschicktestes militärisches Manöver aller Zeiten in die Geschichte eingehen könnte. Ich schlug vor, die Ripper für unsere Zwecke einzuspannen.«

Wieder jubeln die Känguruhs. Habt ihr schon mal ein Känguruh jubeln hören? Schön ist es jedenfalls nicht.

»Ja!« brüllt Tank Girl und läßt die Faust krachend auf den Tisch niedersausen. »Die Ripper! Diese mysteriösen, mächtigen, selten gesehenen und doch unbezwingbaren Feinde von Water and Power, die ganz allein die Blue Dunes vor der Tyrannei retteten und immer dort auftauchten, wo sie am wenigsten erwartet wurden, um die Regierungstruppen aufzumischen. ›Wenn wir uns erst mit den Rippern verbündet haben, sind wir unbesiegbar!‹ sagte ich.

›Wir werden die Mauern von Water and Power einreißen und meine Leute befreien. Und wenn der eine oder andere von ihnen nett aussieht, bekommen wir vielleicht sogar Gelegenheit, wieder mal richtig zu vögeln.‹ Ich muß nämlich zugeben, daß es in jenen Tagen in den Wastelands nur sehr wenig Gelegenheit für Sex gab, da die Wüste weitgehend von verrückten Eremiten, Strahlungsmutanten und dergleichen bevölkert war. Und seit ich in den Privatzimmern des Liquid Silver Bordells gewesen war, war mir mein sexueller Notstand nicht mehr aus dem Sinn gegangen, aber die verrückten Eremiten und Strahlungsmutanten waren einfach nicht mein Ding. Ich meine, ihnen fallen im unpassendsten Augenblick irgendwelche Teile ab. Total unerotisch.

Jet Girl hatte Angst, mit den Rippern Kontakt aufzunehmen . . .«

»Hatte ich nicht«, unterbricht sie Jet Girl.

»Hattest du doch«, kontert Tank Girl.

»Nein.«

»Du hattest eine Scheißangst.«

»Das ist gelogen.«

Das Spiel wird für ein kurzes Wortgefecht unterbrochen.

»Jet Girl war nicht ganz wohl bei dem Gedanken, mit den Rippern Kontakt aufzunehmen«, fährt Tank Girl schließlich fort. »Ich für meinen Teil konnte es kaum erwarten. Sie hatten den Ruf, brutale und psychopathische Killer zu sein. Genau meine Wellenlänge.

Also stieg ich in meinen guten, alten Panzer, brachte ihn auf Touren, feuerte ein paar Granaten in das alte Waisenhaus – das heißt, damals war es noch das neue Waisenhaus –, um mich einzuschießen, und los ging's.

Wir fuhren zu der Stelle, auf der die Soldaten von Water and Power zuvor schon auf Ripper gestoßen waren, dem Minenschacht oder was immer es war, und marschierten hinein. Jet Girl ist ein technisches Genie, das muß man ihr lassen. Sie hatte ein ›Ripper-Detektometer‹ gebastelt, und damit wollten wir sie orten, aber das Ding funktionierte nicht mehr richtig, nachdem ich Bier darüber geschüttet hatte, und so gingen wir einfach den Minenschacht hinunter und riefen ›Huhuuuu, wo seid ihr?‹ und ›Irgendwelche mordenden Ripper in der Nähe?‹. Und wißt ihr was? Plötzlich kamen tatsächlich ein paar Ripper zum Vorschein. Ich war schon immer der Ansicht, daß das Leben ganz simpel ist, wenn man nur immer gleich zum Punkt kommt. Keine großen Umwege, das ist meine Devise. Es bringt nichts, um den heißen Brei herumzureden. Wenn du einen Ripper willst, geh einfach los und ruf dir einen.«

An diesem Punkt ist Tank Girl so in ihre eigene Geschichte vertieft, daß ihr ein Blatt entgeht und der Professor eine Runde gewinnt. Tank Girl schnippt mit den Fingern, als wäre ihr das völlig schnuppe und fährt fort.

»Ich nehme an, ihr wollt wissen, wie die Ripper ausgesehen haben?«

»Nein«, entgegnen Mining Jim, der Professor, Wanda the Gun Dealer und ich selbst.

»Sie waren häßlich wie die Nacht«, sagt Tank Girl unbeirrt. »Ich meine richtig häßlich. Mit großen Klauen und drahtigem Haar. Ficken würd' wohl keinen Spaß machen‹, sagte ich mir, aber sie sehen stark aus, und unter meiner brillanten Führung könnten sie durchaus in der Lage sein, das Hauptquartier von Water and Power zu stürmen, so groß, gesichert und technologisch fortschrittlich es auch sein mag.

Das wollte ich ihnen gerade sagen, als ich bemerkte, daß sie einiges mißverstanden hatten. Zum einen glaubten sie, wir wollten sie angreifen, zum anderen waren sie der irrigen Ansicht, sie hätten uns gefangengenommen. Wir haben eine Weile rumgestanden und darüber diskutiert, wer eigentlich wen gefangengenommen hat und so. Sie sahen ziemlich bedrohlich aus, und einer von ihnen wollte uns sogar umbringen. Jedenfalls kam ich gerade zu der Ansicht, daß ich ihnen besser ein paar harte Hämmer vor die Kauleiste geben sollte, statt sie zu rekrutieren, als plötzlich Gas in den Tunnel strömte. Das war ihr Abwehrmechanismus, der, wenn Menschen in die Röhre kamen, ausgelöst wurde.

›O nein, jetzt ist es aus‹, rief Jet Girl.«

»Hab' ich überhaupt nicht gesagt«, protestierte Jet Girl zornig.

»Hast du wohl. Wenigstens etwas in der Art. Ich wollte gerade verduften, als ich den Geruch erkannte. Es war Lachgas. Die Ripper hatten eine große Flasche von dem Zeug an den Tunnel angeschlossen. Da standen wir also, ich, Jet Girl und acht mörderische Ripper und haben uns auf dem Boden gewälzt vor Lachen, als wären wir alte Freunde. Das hat das Eis gebrochen, und sie luden uns zum Tee ein.«

»T-Saint wollte dich nicht einladen«, bemerkt Booga und wirft einen Blick auf das besinnungslose Känguruh in einer Ecke der Bar.

»Nein, wollte er nicht. Er war damals ein ziemlich fieser Bursche. Und er konnte schon damals nichts vertragen. Aber abgesehen von T-Saint schienen alle anderen recht froh, uns zu sehen. Und als die Ripper ihre Rüstungen und Helme ablegten, sahen sie gar nicht so übel aus. Zum Vorschein kamen diese knuffigen Känguruhs, die ihr hier seht. Und wißt ihr, was dann passiert ist?« fragt Tank Girl.

»Was?«

»Schnapp«, ruft sie und rafft mit zufriedenem Grinsen das Geld zusammen.

KAPITEL 16

Am Flipperautomaten kommt es zum Streit zwischen einem jungen Post Apocalypse Biker Girl und einem der Wasteland Ninjas. Ein paar andere laufen rüber, um sich einzumischen, doch hören alle auf, als Loretta Dragon Slayer dazukommt und jeden in der Nähe des Automaten durch die Luft wirbelt, als wären es Fliegengewichte. Das tut sie wohl nur, um zu verhindern, daß ihr Boß, John the Brute, sich über die Gewalttätigkeiten aufregen muß, nicht aber, weil sie selbst flippern will. Ich kann mich natürlich auch irren. Es ist schon unglaublich, wer alles vom Flipperfieber befallen wird.

In einer Ecke der Bar rappeln sich fünf oder sechs angeschlagene Gestalten hoch.

»Ein beeindruckendes Debüt für Loretta Dragon Slayer«, sagt der Professor. Um den Tisch herum brummen einige zustimmend, aber Tank Girl schnaubt nur verächtlich.

»Loretta Drachenficker«, spottet sie. »Die könnte sich nicht mal aus einer durchweichten Packung Cornflakes rauskämpfen.«

»Sie ist kontinentale Kung-Fu-Meisterin.«

Tank Girl spuckt auf den Boden.

»Schwachsinn.«

Sie wirft mir einen Blick zu.

»Was hat es mit dieser Million Zoobies auf sich, Trader?«

Ich antworte nicht und hoffe, daß Tank Girl sich nicht in das Geschäft mit der Venus von Milo einmischt. – Die Venus steht immer noch mit Baseballmütze und Lederjacke bekleidet in einer dunklen Ecke, die ruhigste Gestalt in der Bar.

»Du könntest ein paar Zoobies brauchen«, sagt Tank Girl spöttisch. »Du hast kaum noch genug für den nächsten Einsatz.«

»Ich habe Mittel und Wege, Geld aufzutreiben, Tank Girl.«

Und genau das tue ich jetzt. Ich mache mich auf die Suche nach Eldrich San und nehme ihn beiseite.

»Elrich San. Ich habe einen Kunstschatz von unschätzbarem Wert bei mir. Er ist mehr als eine Million Zoobies wert. Er wird wohl nie wieder zum Verkauf stehen, und Sammler in Lugit City werden sich gegenseitig die Köpfe einschlagen, um ihn zu bekommen. Und da du mir immer ein guter Freund gewesen bist, überlasse ich ihn dir für tausend Zoobies, vorausgesetzt, du bezahlst gleich.«

Eldrich San scheint nicht sehr beeindruckt. Er ist nicht unhöflich, läßt aber durchblicken, daß meine Geschichte ihm ziemlich unglaubwürdig erscheint.

»Wirklich, es stimmt. Geh und frag den Professor. Du weißt, daß er in allem Experte ist und dazu noch absolut vertrauenswürdig. Aber sei diskret, damit es sonst niemand mitbekommt. Ich möchte nicht, daß hier ein Chaos losbricht.«

Eins muß man Eldrich San zugute halten, er vergeudet keine Zeit. Ninja-Erziehung, nehme ich an. Er geht rüber zum Professor und flüstert ihm was ins Ohr. Ein paar Minuten später kommt er zurück.

»Nun, Trader, es scheint zu stimmen. Die Statue ist so wertvoll, wie du behauptest hast. Aber sag, warum verkaufst du sie dann für tausend Zoobies?«

Ich sage mir, daß Aufrichtigkeit mich hier am weitesten

bringt und gebe zu, daß ich das Geld brauche, um weiterspielen zu können.

»Glücksspiele sind etwas für Idioten«, sagt er. »Warte hier.«

Eldrich San mag nicht viel vom Glücksspiel halten, aber einen satten Profit nimmt er gern, denn er macht sich gleich daran zu sehen, wieviel Geld er unter den Wasteland Ninjas lockermachen kann. Er kehrt mit einem kleinen Beutel zurück.

»Sechshundert Zoobies«, sagt er. »Mehr konnte ich in der kurzen Zeit nicht auftreiben.«

»Abgemacht.«

Ich greife zu, da die Pause vorbei ist und das Spiel wieder anfängt.

»Noch eins«, sagte ich zu Eldrich San, bevor ich an den Tisch zurückkehre. »Sprich mit niemandem darüber. Du kannst dir ja vorstellen, was in dieser Räuberhöhle los wäre, wenn sich herumspräche, daß ich mit einem Kunstwerk, das eine Million Zoobies wert ist, hergekommen bin. Laß die Statue einfach, wo sie ist, und nimm sie diskret an dich, wenn der Wettbewerb vorbei ist.«

Ich bin sehr zufrieden mit mir. Jetzt kann ich weiterspielen. Es mag zwar später ein bißchen Ärger geben, wenn Eldrich San und Magdalen beide die Statue haben wollen, aber damit werde ich sicher fertig. Wenn ich den Wettbewerb gewinne, bin ich ein reicher Mann. Dann ist alles im Lot.

Das Spiel geht weiter. Nach der nächsten Runde fällt ein weiterer Spieler überraschend aus. Wanda Gun Dealer schien es eigentlich noch recht gut zu gehen, aber plötzlich schiebt sie das Bierglas von sich.

»Zum Teufel damit«, knurrt sie und wird ganz grün im Gesicht. »Ich steige aus.«

Sie stolpert mit Hilfe einiger ihrer Angestellten davon, und das Geld, das vor ihr auf dem Tisch lag, wird in die Mitte geschoben. Das bedeutet, daß es beim nächsten Blatt um einen sehr hohen Einsatz geht.

Jetzt sind noch Tank Girl, Jet Girl, Sub Girl, Mining Jim, der Professor und ich dabei. Natürlich haben viele der Anwesenden im Verlauf des Wettbewerbs Wetten auf den diesjährigen Gewinner abgeschlossen, aber es kommt zu einem wahren Wettfieber, als Wanda ausscheidet und ZugZug the Bookmaker die Bar betritt.

Als die Tür aufschwingt, fegt wie jedesmal heulender Wind und eisiger Regen herein. Dann ist wieder alles wie vorher, abgesehen davon, daß nun auch ZugZug und ihre Beschützer, die Children of the Temple of the Sun zu den Gästen gehören.

Die Kinder des Sonnentempels haben kahlgeschorene Schädel, tragen gelbe Kutten, haben die Taschen voll mit religiösen Traktaten und sind mit schweren Plasmagewehren bewaffnet, die angeblich dazu dienen, Häretiker und Gotteslästerer ihrer gerechten Strafe zuzuführen. Sie wandern singend durch die Wüste, was einem den letzten Nerv töten kann; zwischendurch lassen sie sich von ZugZug als Beschützer engagieren, wenn sie gerade Schutz braucht, was ziemlich oft der Fall ist, weil ein erfolgreicher Buchmacher sich ganz schön viele Feinde schafft.

Ihre Ankunft macht mich nicht gerade an. Als ich die Wette mit ZugZug abgeschlossen habe, habe ich eigentlich nicht erwartet, daß sie hier sein würde. Der Plan war, am nächsten Tag bei ihr im Büro vorbeizuschauen, wenn ich gewinnen sollte, ihr eben keinen Abschiedsbesuch abzustatten, falls ich verlieren sollte. Daß sie hier ist, macht mich ganz schön fertig.

ZugZug ist nur mittelgroß, und mit ihrem kurzen, braunen Haar und der schmuddeligen Jeansjacke sieht sie unter den exotischen Gästen in Big Mary's Bar eher unscheinbar aus. Aber mit der Kanone ist sie ein As, und sie hat noch nie gezögert, säumige Schuldner umzulegen, oder die Drecksarbeit den Children of the Temple of the Sun überlassen.

Sie wird ihre Waffe beim Türsteher abgegeben haben, und ich frage mich, wie wohl meine Chancen stehen, in meinem aufgemotzten Trader Truck abzuhauen und über alle Berge zu sein, ehe sie ihre Pistole wieder hat. Aber das ist Defätismus. Ich werde den Wettbewerb gewinnen, und dann ist alles in Butter. Abhauen wird sich erübrigen. Ich werde von allen Seiten Kohle kassieren und gemächlich gen Sonnenuntergang schlendern.

ZugZug kommt sofort rüber, um zu sehen, wie das Spiel steht, während die Children of the Temple an der Bar Wetten annehmen.

»Noch im Rennen, Trader?« fragt sie. »Gut für dich. Ich nehme doch an, du hast die tausend Zoobies, die du mir schuldest, wenn du verlierst?« Tank Girl lacht schallend.

»Der Trader hat tausend Zoobies darauf gewettet, daß er den Wettbewerb gewinnt?«

»Und warum nicht?« frage ich. »Ich bin noch dabei oder etwa nicht?«

»Nicht mehr lange, Trader. Trink aus!«

Tank Girl schüttet ein weiteres Bier in sich hinein, obwohl die Runde noch gar nicht zu Ende gespielt ist.

»Erst wenn ich muß«, entgegne ich recht lahm. Sie lacht wieder, und diesmal stimmen die Känguruhs mit ein. Wie ich diese Känguruhs hasse. Niemand kann mir einreden, daß sie genetisch entwickelte Supersoldaten sind.

»Und so stellte sich heraus, daß die Känguruhs genetisch entwickelte Supersoldaten waren«, sagt Tank Girl. »Geschaffen vom legendären Johnny Prophet. Ursprünglich sollten sie für Water and Power arbeiten, aber sie setzten sich ab, als Johnny Prophet verschwand. Und nun führen sie einen Guerillakrieg gegen Kesslee, und das recht erfolgreich, dank ihrer genetischen Superkräfte und ihrer speziellen Rüstung. Sie haben immer wieder Patrouillen massakriert und isoliert. Außenposten von Water and Power geplündert, was denkbar schlecht für die Moral der Truppen war. Kesslee war, wie schon gesagt, stinksauer.

Allerdings machten die Ripper in meinen Augen keine rechten Fortschritte, und so gelang es mir ohne allzu große Mühe, sie davon zu überzeugen, daß sie einen brillanten General nötig hätten, der sie zum ultimativen Sieg führen würde. Glücklicherweise wäre eine solche brillante Führungspersönlichkeit, die darüber hinaus für ihre Trinkfestigkeit berühmt wäre, nun bei ihnen eingetroffen.«

Wieder trinkt sie. Erstaunlich, aber sie scheint kein Fett anzusetzen.

»Ich erzählte ihnen von einigen meiner berühmten Schlachten wie beispielsweise meinem Sieg im Liquid Silver und meinem erstaunlichen Triumph über eine Schwadron Panzer, die sich einmal während meines Nachmittagsschläfchens an mich herangeschlichen hatten. Wirklich unanständig so was, und ich habe es ihnen mit einem Sperrfeuer heimgezahlt, während ich mit einer Hand den Panzer bergauf und bergab steuerte und mit der anderen Steine warf. Dem waren sie nicht gewachsen, und sie haben Hals über Kopf das Weite gesucht. Ich bin ihnen gefolgt, habe die gesamte Schwadron ausgelöscht und hatte immer noch Zeit, mein Nickerchen zu beenden.

Und dann waren da noch die vierzehn riesigen, von Kesslee geschickten Jets, die mich im Tiefflug bombardierten, als ich gerade am Lagerfeuer frühstückte. Ich saß draußen im Freien in der Falle, aber ich lud einfach meine Schleuder mit Zuckerwürfeln, feuerte auf ihre Motoren, und sie fielen wie Steine vom Himmel, die Triebwerke von der klebrigen Masse unbrauchbar gemacht. Überall retteten sich Piloten per Schleudersitz, so daß ich Gelegenheit hatte, mich im Boomerangwerfen zu üben. Ich traf mit einem einzigen Wurf gleich drei Fallschirmspringer. Hinterher war mein Panzer beleidigt, weil ich den Kampf ohne ihn gewonnen hatte, so daß ich besonders nett zu ihm sein und ihm im Spielzeugladen ein Buch von Thomas the Tank kaufen mußte – seine Lieblingslektüre, wißt ihr. Und das alles noch vor dem Frühstück!

Als sie von diesem phantastischen Sieg hörten, waren die Ripper natürlich beeindruckt. Genaugenommen waren sie starr vor Staunen.«

»Fabula etiamsi falsa lepida sit«, brummt der Professor, was er mir später grob als ›diese Geschichten sind total gelogen, aber gut erzählt‹ übersetzt.

Tank Girl fährt fort.

»›Los, Leute, jetzt geh'n wir ran!‹ habe ich gerufen und wollte schon in meinen Panzer steigen und das Hauptquartier von Water and Power atomisieren. Aber die Ripper waren noch unentschlossen. Nicht weil sie schüchtern gewesen wären oder so was, sie waren bloß Angsthasen.«

»Ich war kein Angsthase«, protestiert Donner.

»Doch, das warst du«, entgegnen Tank Girl und Jet Girl wie aus einem Mund. Donner ist sichtlich beschämt.

»Es war nur natürlich, ein wenig Vorsicht an den Tag zu legen«, sagt er.

»Pah!« schnaubt Tank Girl. »Ich lege nie Vorsicht an den Tag. Vorsicht ist etwas für Feiglinge und Känguruhs. Vorsicht stinkt, sage ich. Ich wollte auf direktem Wege dorthin fahren und ihnen die Hölle heiß machen, aber die Ripper schienen den Verdacht zu hegen, wir könnten sie in eine Falle locken wollen. T-Saint, der besonders groß und verschlagen war und der Anführer zu sein schien, war immer noch sehr skeptisch, was das ganze Unternehmen anbelangte, und da haben ich und Jet Girl schließlich vorgeschlagen, ein wenig Vorarbeit zu leisten, damit sie sähen, wie gut sie daran täten, sich mit Tank Girl zu verbünden.

Donner, der ihr technisches Genie war – oder zumindest technisch so begabt wie ein genetisch entwickeltes Känguruh es eben sein kann, und das reißt einen nicht eben vom Hocker – also Donner hatte in Erfahrung gebracht, daß eine neue Waffenladung an das Depot von Water and Power geliefert werden sollte.

›Das reicht‹, erklärte ich. ›Ich und Jet Girl werden die Waffenladungen klauen. Wenn ihr erst gesehen habt, wie cool wir solche Sachen angehen, werdet ihr nicht länger zögern, unter Tank Girls Flagge zu marschieren.‹

Also bin ich losgezogen. Ich glaube mich zu erinnern, irgendwann um diese Zeit Sub Girl begegnet zu sein, aber wenn das stimmt, hat sie gewiß immer nur gesagt, ›der Regen kommt‹ oder ›après moi le déluge‹ oder etwas ähnlich Langweiliges; mit diesem Detail werde ich mich also nicht aufhalten.«

Ich werfe Sub Girl einen Blick zu, aber wie gewöhnlich beachtet sie Tank Girls Gequatsche gar nicht und konzentriert sich statt dessen auf das Spiel. Ich registriere allerdings, daß Ootsie, der junge Wasteland Ninja, mit dämlichem Gesichtsausdruck an ihrer Seite steht, und frage mich, warum er nicht bei seinem Freund Bitsy am Pooltisch ist.

Die Atmosphäre um den Tisch herum ist inzwischen sehr angespannt, weil es um einen außergewöhnlich hohen Pott geht, in dem sich auch das Geld befindet, das Wanda vor sich liegen hatte, bevor sie ausgeschieden ist. Wer immer diese Runde gewinnt, wird sich einige Zeit über Wasser halten können. Da inzwischen einigen Spielern die Reserven auszugehen drohen, steht einiges auf dem Spiel. Ich versuche mich so gut es geht zu konzentrieren, aber Tank Girls Gerede verfehlt seine Wirkung auf mich und einige andere nicht und lenkt uns von den Karten ab.

Schließlich, als Tank Girl gerade beschreibt, wie sie sich dem Waffendepot von Water and Power nähert, wird eine Herzdrei nach einer Pikdrei gespielt. Alle rufen »Schnapp!«, und mehrere Hände sausen herab, aber die unterste ist die von Sub Girl. Die Herrin der Tiefen war die schnellste und rafft den imposanten Geldberg zusammen.

»Gut gemacht, Sub Girl«, sagt Tank Girl, tut so, als ließe es sie kalt und leert ihr nächstes Bier in einem Zug. Ich brauche Ewigkeiten, um meins herunterzuwürgen; das Zeug steht mir bis zum Hals. Aus den Augenwinkeln sehe ich, daß ZugZug mich eindringlich mustert, und stöhne innerlich. Ich atme erleichtert auf, als Big Mary an den Tisch kommt und die nächste Spielpause verkündet, so daß ich auf der Toilette einiges von dem Bier loswerden und wieder ein bißchen in Form kommen kann.

KAPITEL 17

Die vier Zwerge, die furchteinflößenden Beschützer von John the Brute, sind auf der Toilette. Offenbar machen sie alles gemeinsam.

»Sieh einer an, wer da ist.«

»Der Trader.«

»Ist das nicht der Trader, der ...«

»... John the Brute übers Ohr gehauen hat?«

Ich protestiere und beteuere meine Unschuld.

»Ich habe ihn nicht übers Ohr gehauen. Es hat lediglich Mißverständnisse wegen gewisser Buchhaltungspraktiken gegeben – das ist nicht ungewöhnlich bei komplizierten Geschäften.«

»In Stücke gehackt zu werden ist dort, wo wir herkommen, auch nichts Ungewöhnliches«, sagt einer von ihnen und streicht zärtlich über seine Axt.

Wieder eine Drohung. Wieder bedaure ich zutiefst, hergekommen zu sein, um am jährlichen Wasteland Schnapp- und Trinkwettbewerb teilzunehmen. Reine Angeberei meinerseits. Ich hatte mir eingebildet, es wäre meinem Ruf zuträglich, wenn ich als bester Trinker und Kartenspieler der Wastelands aus dem Wettbewerb hervorgehen würde. Inzwischen will ich nur noch überleben.

Ich habe aufgehört zu zählen, wie viele Leute in der Bar sind, die mich a) umbringen möchten und b) dies vielleicht noch tun werden, ehe der Tag vorüber ist. Die Liste ist deprimierend lang.

»Nun«, sage ich zu den Zwergen. »John the Brute, der geschätzte Banditenkönig aus den Red Mountains, mag euch gesagt haben, daß es bezüglich des Waffengeschäfts ein kleines Mißverständnis gegeben hat. Aber euch ist doch sicher nicht entgangen, wie wild er darauf ist, wieder mit mir Geschäfte zu machen, oder? Immerhin hat er den weiten Weg von den Red Mountains bis hierher gemacht, nur um mir ein bedeutendes Kunstwerk abzukaufen.«

Die Zwerge kichern.

»Abkaufen? Wer hat denn etwas von kaufen gesagt? John the Brute kauft keine Kunstwerke von schleimigen kleinen Händlern. John the Brute nimmt sich von ihnen, was er haben will, und wir hacken sie in Stücke, wenn sie was dagegen haben.«

Also, direkter kann man wohl nicht sein.

Sie gehen. Ich entledige mich einiger Liter Bier und grüble niedergeschlagen über das soeben Gehörte nach. Leider haben die Zwerge nur allzu recht. Mir wird klar, daß es naiv von mir war, auch nur eine Sekunde zu glauben, daß John the Brute ein sauberes Geschäft mit mir machen würde. Auch wenn sie noch mir gehörte, würde er sich die Statue einfach nehmen und gehen – mich selbst würde er vermutlich in diverse Einzelteile zerlegt zurücklassen. Wenn es mir nicht gelingt, sie von Magdalen zurückzukaufen, wird er mich aller Wahrscheinlichkeit trotzdem in Stücke hacken. Zum Teufel mit dieser blöden Statue. Warum mußte sie auch vom Sandsturm freigelegt werden, kurz bevor ich mit meinem treuen alten Trading Truck dort vorbeifuhr? Einen Augenblick erscheint mir alles hoffnungslos, und ich habe große Lust, einfach aufzugeben.

Aber wie ich auf der Toilette so dastehe, fasse ich neuen Mut. Ich lasse mich nicht so leicht unterkriegen. Der Trader ist kein Schlappschwanz, heißt es in den Wastelands. Steckt er in einer brenzligen Lage, zeigt er, daß er ein ganzer Kerl ist und wird sich irgendwie aus der Affäre mogeln. Ich fange an zu überlegen, wie ich mich aus dieser Affäre mogeln und einen kleinen Profit mitnehmen kann.

Als ich rausgehe, kommt Ootsie der Wasteland Ninja herein, immer noch den gleichen verklärten Ausdruck auf dem Gesicht. Ich grüße ihn freundlich, denn er ist ein netter Kerl, aber er hört gar nicht auf meinen Small talk, sondern gibt Entzückensschreie von sich.

»Ist sie nicht wunderbar?« fragt er.

»Wer?«

»Sub Girl natürlich.«

»Nein«, entgegne ich.

»Du bist ein Idiot, Trader. Sub Girl ist das göttlichste Wesen, das je auf Erden gewandert ist. Und auch das beste, das je unter Wasser geschwommen ist.«

Ich starre ihn verdattert an. Wüßte ich nicht mit Bestimmtheit, daß Wasteland Ninjas notorische Abstinenzler sind, würde ich sagen, er ist betrunken. Göttliches Wesen? Sub Girl? Dieselbe, die mit ihrem U-Boot alles in Schutt und Asche legt und das Ende der Welt prophezeit? Der Mann ist ein Idiot.

Das alles ist zuviel für mich. Er kämmt sich noch das blaue Haar, und ich verschwinde schnell aus der Toilette. Vor der Tür treffe ich auf Eldrich San, den Anführer der Wasteland Ninjas.

»Ah, Eldrich San, du erwartest gewiß voll Spannung die Auslieferung der Kung-Fu-Videos mit dem ehrwürdigen David Carradine, dem Helden deiner Sekte.«

Eldrich winkt ab. »Vergiß die Kung-Fu-Videos«, sagt er. »Wann kann ich die Statue haben?«

»Sobald der Wettbewerb vorbei ist, wie vereinbart. Du weißt, daß ich vorher nicht wegkomme.«

Das scheint er zu akzeptieren, und ich zwänge mich hastig an ihm vorbei und pralle auf eine Phalanx von Shaolin Queens.

»Genau die Frauen, nach denen ich gesucht habe«, rufe ich aus. »Magdalen, könnte ich dich kurz vertraulich sprechen? Aufgrund einiger erfolgreicher Geschäftsabschlüsse hat meine finanzielle Lage sich entscheidend verbessert, und ich freue mich, dir mitteilen zu können, daß ich dir die Statue, die du vor kurzem für fünfundzwanzig Zoobies von mir gekauft hast, für fünfunddreißig wieder abkaufen kann. Das sind zehn Zoobies Gewinn für dich. Was sagst du?«

Magdalen schüttelt den Kopf.

»Okay, Magdalen. Wie ich sehe, bist du eine erfahrene Geschäftsfrau. Ich gebe dir vierzig.«

Wieder schüttelt sie den Kopf.

»Und warum nicht? Es ist doch nur eine alte Statue.«

»Für dich ist es vielleicht nur eine alte Statue. Für uns ist sie das neue Abbild unserer Göttin. Unsere letzte Götterstatue wurde bei einem Erdbeben zerstört, und für uns ist es klar, daß der Himmel uns diese neue geschickt hat. Sie ist nicht verkäuflich, nicht für alles Geld der Welt. Bye, Trader.«

Sie geht. Ich fluche. Blöde Shaolin Queen. Da verkauft man ihnen eine billige Statue, und sie fangen sofort an, sie zu verehren. Das ist doch hirnrissig. Wie soll ich sie jetzt zurückbekommen und mit großem Gewinn an John the Brute verkaufen? Ich habe keine Ahnung, aber ich gebe die Hoffnung nicht auf. Wenigstens wissen die Shaolin Queens nicht über ihren wahren Wert Bescheid.

Ich drehe mich um und stoße mit Bitsy zusammen, dem zweiten der jungen Ninja Rekruten. Er ist auch ein netter Kerl.

»Was stehst du hinter mir rum?« beschwere ich mich.

Er antwortet nicht gleich. Der verklärte Ausdruck auf seinem Gesicht kommt mir bekannt vor.

»Ist sie nicht wunderbar?« sagt er nach einer Weile.

»Wer?«

»Wer? Magdalen natürlich. Wer denn sonst?«

»Magdalen? Soll das ein Witz sein?«

Bitsy ist gekränkt. »Ich mache keine Witze über die Frau, die ich liebe.«

»Ach komm schon, du kannst Magdalen gar nicht lieben. Sie ist eine brutale Furie, und außerdem sind die Shaolin Queens eure Feinde.«

»Wie kannst du es wagen, sie zu beleidigen«, ereifert sich Bitsy. »Sie ist einzigartig. Ich verehre sie.«

»Wieder wird es mir zu viel, und ich suche das Weite. Das ist das Problem mit diesen jungen Wasteland Ninjas. Monatelang durchstreifen sie die Wüste, tun, als wären sie Palmen und bekommen keine Frau zu Gesicht, und wenn sie dann an einen Ort kommen wie Big Mary's Bar and Grill, geraten sie vollkommen aus dem Gleichgewicht. Sie verlieben sich in die unmöglichsten Frauen wie Sub Girl und Magdalen. Der Lebensstil der Ninjas muß ungesund sein. Ich meine, es kann doch nicht gesund sein, in der Wüste umherzuziehen und sich ständig nur als Fels oder irgendeinen anderen Gegenstand zu tarnen. Ich werde diesbezüglich ein Wörtchen mit Eldrich San reden müssen.

Loretta Dragon Slayer rückt in mein Blickfeld. Sie winkt mich zu sich. Ich entferne mich in entgegengesetzter Richtung – und renne beinahe ZugZug über den Haufen. Sie funkelt mich zornig an und schimpft mich einen besoffenen Hornochsen. Hastig kehre ich zum Spieltisch zurück. Es mag ja hart sein, ein Bier nach dem anderen zu trinken und sich Tank Girls endlose Geschichten anhören zu müssen, aber im Vergleich zum Rest der Bar kommt mir der Spieltisch inzwischen vor wie eine Oase des Friedens.

KAPITEL 18

In Anbetracht der Art, wie die Children of the Temple of the Sun mich mustern, als ich mir auf dem Weg zurück zum Tisch einen Weg durch die Menge bahne, würde ich sagen, daß meine Chancen, den Wettbewerb zu gewinnen, nicht die besten sind.

Von all den vielen Gangs, Sekten und Privatarmeen, die die Wüsten der Wastelands durchstreifen, hasse ich die Children of the Temple of the Sun wohl am meisten. Zum einen sehen sie in ihren gelben Kutten lächerlich aus, und zum anderen singen sie ständig irgend etwas Eigenartiges in einer Sprache, die ich nicht verstehe, und das geht mir wahnsinnig auf den Geist. Außerdem behaupten sie, Asketen zu sein, denn sie kaufen nie etwas von mir, und ich habe keine Zeit für Leute, die mir nie etwas abkaufen.

Ich frage mich, wie es kommt, daß sie sich von ZugZug als Leibwächter engagieren lassen, wenn sie so schrecklich asketisch und religiös sind. Jawohl, die Children of the Temple of the Sun sind die schlimmsten. Aber andererseits sind die Post Apocalypse Biker Girls auch ziemlich übel. Ständig kurven sie auf ihren Motorrädern herum, knallen sich mit Halluzinogenen voll und ballern blind in die Gegend. Sie sind eine Gefahr für die Allgemeinheit, und das nicht nur, wenn sie mit den Post Apocalypse Biker Boys im Clinch liegen, die auch auf ihren Motorrädern durch die Wüste kurven, sich mit Halluzinogenen vollknallen und blind in die Gegend ballern. Manchmal kann es ganz schön schwer sein, die Wastelands ganz harmlos von einem Ende zum anderen zu durchqueren, ohne daß eine Gang motorradfahrender Rüpel mit der Waffe auf einen zielt und einem was von rosa Kaninchen erzählt oder von sprechenden Kakteen, oder davon, daß die Welt heute so irre schön wäre. Und dann läuft man zu allem Überfluß den Shaolin Queens of the Desert über den Weg, die durch die Dünen marschieren und ihre Kung-Fu-Techniken an jedem ausprobieren, der ihnen begegnet, oder den Wasteland Ninjas, die herumhängen und ihre Ninja-Techniken üben, sich als Palmen tarnen und plötzlich mit furchterregenden Kampfposen und wildem Geschrei, das einem das Blut in den Adern gefrieren läßt, auf einen losspringen. Und dann sind da noch Tank Girl und Konsorten, die herumfahren, riesige Bierkisten an ihre Vehikel geschnallt und immer auf Streit aus. Ich will gar nicht daran denken, welches Chaos sie tagtäglich anrichten. Es ist so schlimm geworden, daß man keinen Tag mehr seine Arbeit machen kann, ohne von irgendwelchen Irren genervt zu werden. Ich hasse sie alle. Es sollte etwas dagegen unternommen werden. Die Regierung sollte mehr Soldaten in die Wastelands entsenden und für Ruhe und Frieden in der Gegend sorgen. Disziplin, das ist es, woran es hier mangelt.

Ziemlich übellaunig geselle ich mich wieder zu den anderen an den Tisch. Die Karten sind ausgeteilt.

»Wo war ich?« fragt Tank Girl.

»Auf der Toilette«, sagt Booga ernst.

Tank Girl trommelt mit den Fingern auf den Tisch. Selbst sie findet Booga manchmal schwer zu ertragen.

»Du warst bei der Aufklärermission zum Waffenlager von Water and Power«, sagt Jet Girl.

»Genau. Das Waffenlager. Die Ripper statteten uns mit mobilen Kameras aus, damit sie verfolgen konnten, was wir taten, und dann machten wir uns auf, das Depot auszukundschaften. Wie sich herausstellte, war es eine ganz leichte Sache. Jet Girl und ich sind da einfach in voller Pracht aufgerockt – wir hatten natürlich 'n Megaoutfit für die Gelegenheit – und sagten den Wachen, wir wären gekommen, einen Dokumentarfilm zu drehen. ›Ein Tag im Leben der Wachposten bei Water and Power‹. Dann machten wir ein paar Aufnahmen und spazierten wieder raus. Kinderspiel.«

»Du hast eine Kleinigkeit vergessen«, bemerkte Jet Girl.

»Habe ich das? Ach, du meinst die Kleinigkeit, daß sie kein Wort von unserer Geschichte geglaubt haben und die gesamte Feuerkraft des Depots auf uns gerichtet haben, um uns wegzupusten? Das schien mir nicht der Rede wert. Letztendlich kam es auf dasselbe raus. Wir verließen das Depot mit Aufnahmen von ihren neuesten Waffen und kehrten zurück zum Stützpunkt der Ripper, um den Überfall zu planen.«

»Was soll denn diese Aufklärungsmission für einen Sinn gehabt haben?« fragt der Professor. »Die Ripper verfügten doch dank Donners Technologie bereits über Aufnahmen vom Waffendepot.«

»Keine Ahnung«, entgegnet Tank Girl. »Ich hab' es auch nie verstanden, aber ich war noch ziemlich bedröhnt von der Ladung Lachgas.«

Das Spiel wird wieder hitziger, und sämtliche Spieler

decken ihre Karten rasch auf. Es kommt mir ewig lang vor, seit ich das letzte Mal eine Runde gewonnen habe, und ich stehe unter Druck. Wenn einem das Geld ausgeht, ist man draußen, auch wenn einen der Alkohol nicht übermannt hat. Ich schaue mir den schrumpfenden Haufen Geld vor mir an und mache mir Sorgen wegen ZugZug. Die Zoobies, die ich von Eldrich San bekommen habe, nehmen rasch ab. Ich würde ja versuchen, meinem Glück wieder ein wenig nachzuhelfen, aber ich weiß, daß Tank Girl mich im Auge behält. Ich konzentriere mich so gut es geht und versuche trotz Tank Girls verachtungswürdigem Ablenkungsmanöver den Karten zu folgen.

»Also«, fährt sie fort, »war endlich der Augenblick für echte Action gekommen. Water and Power hatte den Kontinent unangefochten regiert, seit der Komet die Zivilisation, wie wir sie kannte ausgelöscht hatte, und jetzt würden wir die Tyrannen auslöschen oder ihnen zumindest das Leben ein wenig schwer machen. Als erstes mußte ich Waffen aus dem Depot klauen, und dann würden wir uns zu ihrem Hauptquartier aufmachen, um Sam zu befreien und Kesslee eine Rakete in den Arsch zu jagen, und zwar ohne Gleitcreme – ich war nicht gut auf ihn zu sprechen.

Donner bekam über seinen Scanner einige Bilder rein. Ein riesiger Konvoi verließ das Waffendepot. Das war unsere Chance. Ich lud meinen Panzer, Jet Girl lud ihren Jet, und die Ripper legten ihre Rüstungen an. ›Auf in den Kampf!‹ rief ich. ›Alle Mann an Deck. Gebt ihnen Saures. Schade, daß ich meinem Vaterland nur ein Leben opfern kann!‹ Und mit weiteren Schlachtrufen dieser Art, um die Truppen zu motivieren, führte ich uns in die Schlacht.

Wir fuhren durch die Wüste, die damals noch eine

richtige Wüste war – damals gab es so was wie Dauerregen über vierzig Tage und Nächte noch nicht –, der Boden war völlig ausgedörrt, und es gab nur vereinzelt mickrige Palmen. Mit Hilfe taktischer Talente, die ich mir als Kind bei der Büffeljagd angeeignet hatte, gelang es uns schon bald, den Konvoi aufzuspüren.«

Tank Girl steht auf und fängt an, mit den Armen zu rudern, obwohl wir noch beim Kartenspielen sind.

»›Vorwärts!‹ habe ich gerufen. ›Angriff! Bringt sie alle um! Laßt keinen entkommen! Geronimo.‹ Und wir stürzten uns in Getümmel. Eine Flutwelle von unaufhaltsamer Kampfkraft, menschliche und Känguruh-Krieger, Seite an Seite im Kampf um die Freiheit des Planeten, unaufhaltsam, nicht zu stoppen ...«

»Nur schade, daß wir irrtümlich einen friedlichen Zigeunerkonvoi angegriffen haben«, wirft Jet Girl ein.

Tank Girl setzt sich wieder.

»Ja, das hat es ein wenig verdorben. Die Zigeuner waren ganz schön sauer. Das heißt, die, die noch am Leben waren. Aber wie ich ihnen damals erklärt habe, gehört das zum Krieg. Unschuldige Zivilisten kommen dabei um. Aber zum Wohl der Menschheit. Offen gestanden konnte ich später nicht mehr verstehen, wie wir diese von Pferden gezogenen Wagen mit einem bewaffneten Militärkonvoi verwechseln konnten. Ich schätze, unser Enthusiasmus hat uns mitgerissen.

»Danach haben wir eine Ewigkeit gebraucht, den richtigen Konvoi zu finden. Stunden. Ich hatte wahnsinnigen Durst auf ein Bier. Als wir sie dann schließlich fanden, war mein Interesse in der Zwischenzeit ein wenig erlahmt. Ich brachte nicht die Begeisterung auf, ›Geronimo‹ und ähnliches zu brüllen, und so griffen wir schweigend an. War eine ziemliche Antiklimax, wir haben sie einfach ausradiert und die Waffen genommen.«

»Aber ich habe dir doch das Leben gerettet«, sagt Booga. »Das war keine Antiklimax.«

Tank Girl gähnt.

»Fang nicht wieder mit dieser alten Geschichte an, Booga. Du hast mir nicht das Leben gerettet. Ich hatte die Situation völlig unter Kontrolle. Gut, ich bin auf einen Truck gesprungen, der mit defekten Bremsen auf einen Abgrund zuraste, aber es hat mir Spaß gemacht. Ich liebe so etwas. Ich wollte auf dem Truck den Abhang runtergleiten wie auf einem Surfbrett. Ich gebe zu, daß du deine genetisch entwickelte Supergeschwindigkeit und -kraft unter Beweis gestellt hast, als du den Truck mit bloßen Händen zum Stehen gebracht hast, aber das war völlig unnötig. Ich hatte alles unter Kontrolle. Ich habe immer alles unter Kontrolle.«

Booga senkt den Blick, enttäuscht, daß seine Heldin sich weigert anzuerkennen, daß er ihr das Leben gerettet hat. Das erweist sich jedoch als Glück für Booga, denn als er gerade hinuntersieht, wird eine Fünf im Anschluß an eine Fünf gespielt, und er ruft Schnapp, bevor es irgendein anderer bemerkt.

Ich fluche. Meine Geldreserven sind so mager wie noch nie. Eine Hand legt sich mit festem Griff auf meine Schulter. Ich wende mich um. Es ist Iris Grim, Anführerin der Post Apocalypse Biker Girls.

»Wieviel willst du für die Statue haben, Trader?« fragt sie.

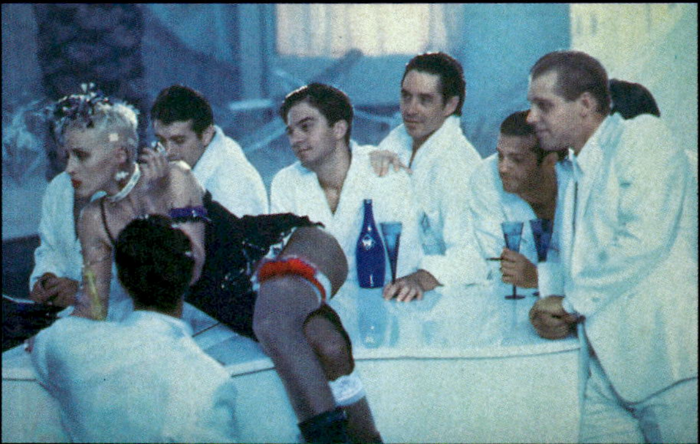

KAPITEL 19

Ich bin nicht in der Lage, Iris Grim zu antworten, da jede weitere Unterhaltung unmöglich wird, als Alvin und seine Band zurück auf die Bühne taumeln, um eine weitere Runde zu spielen. Nach einigen Stunden des Feierns im Big Mary's sind sie nicht mehr ganz sicher auf den Beinen. Alvins Schminke verläuft in der Hitze. Sie winken dem Publikum mit großer Geste zu; das haben sie von alten Rockvideos von Rockkonzerten im Stadion aus den Tagen vor dem Kometen abgeguckt. Die Videos habe ich ihnen verkauft, obwohl Big Mary's Bar wahrlich nichts mit einem Stadion gemein hat. Einige der kultivierteren Rockbands aus Lugit City weigern sich schlichtweg, hier zu spielen, weil das gesundheitliche Risiko ihnen zu groß ist.

Alvin hat nun sein Instrument, irgendeine namenlose elektronische Box, in die alte Fuzzbox eingestöpselt. Als sie anfangen zu spielen, entsteht ein wirklich erstaunlicher Lärmpegel. Es klingt ganz anders als alles, was man hier je zu hören bekommen hat, genaugenommen um vieles unangenehmer, aber es ist genau das, was das Publikum hören will.

Ich versuche, Bilanz zu ziehen, John the Brute, Bandit King of the Red Mountains, will die Venus von Milo für seine Geliebte. Er weiß um ihren Wert, wird aber kaum einen Zoobie für sie herausrücken. Mit den vier Zwergen und Loretta Dragon Slayer an seiner Seite braucht er das im Grunde auch nicht. Aber auch wenn er allein wäre, könnte er sie mir einfach wegnehmen. Alle sind sich darüber einig, daß er der stärkste und brutalste Mensch auf dem ganzen Kontinent ist, und das glaube ich unbesehen. Zum einen ist er der einzige, der es wagt, Tank Girl regelmäßig öffentlich zu beschimpfen. Man hat ihn schon oft sagen hören, daß wenn sie sich irgendwann einmal in die Red Mountains verirren sollte, es ihm eine Freude sein würde, ihr höchstpersönlich mit ihrem Panzer das Maul zu stopfen.

Leider haben John the Brute und ich gleichermaßen Pech, da ich die Venus von Milo bereits an die Shaolin Queens of the Desert verkauft habe. Ich glaube zwar nicht, daß sie allein gegen John the Brute und seine Spießgesellen ankommen könnten, aber die Shaolin Queens sind ziemlich viele und haben einen guten Grund, warum sie die Statue haben wollen, denn sie sehen in ihr ja mehr oder weniger eine Göttin.

Pech nur für die Shaolin Queens – und Pech für mich, daß ich die Statue auch schon an die Wasteland Ninjas verkauft habe, die zweifellos beabsichtigen, sie mit großem Profit weiterzuverkaufen. Auch sie sind einzeln genommen John the Brute kräftemäßig unterlegen, aber auch sie sind viele und lassen sich nicht so leicht unterkriegen. Außerdem sind sie mit den Shaolin Queens Spinnefeind und würden ihnen die Statue wohl kaum kampflos überlassen.

Warum hat Iris Grim Interesse bekundet? Wahrscheinlich ist auch sie darauf aus, ein einträgliches Geschäft zu machen. Die Biker Girls sind ebenso wie die Biker Boys eine starke Gang und haben vor niemandem Angst. Natürlich habe ich die Venus bislang nicht an Iris Grim verkauft. Ich muß sie ihr nicht verkaufen. Ich sollte aufhören, mir damit das Leben unnötig schwer zu machen. Wenn ich jedoch meine erneut dahinschwindenden Geldreserven betrachte, denke ich, daß mir vielleicht gar nichts anderes übrig bleiben wird. Warum auch nicht? Wenn ich sie schon zweimal verkauft habe, kann ich sie ebensogut ein drittes Mal verkaufen. Ich kann jedem sein Geld zurückzahlen, wenn ich den Wettbewerb erst gewonnen habe.

Ich schätze, wir trinken jetzt seit über sechsunddreißig Stunden. Möglicherweise ist mein Kopf in dieser Angelegenheit nicht so klar wie er sein sollte. Zum Teufel damit, es ist ja nur eine Statue.

Dann sind da noch ZugZug und die Children of the Temple of the Sun. Bislang haben sie noch kein Interesse an der Venus von Milo bekundet, aber sie werden auch guten Grund haben, mir böse zu sein, wenn meine Pechsträhne beim Kartenspiel nicht bald ein Ende hat. Dieses ganze Theater um die Venus von Milo ist dem eigentlichen Zweck meines Hierseins, nämlich, den Kartenspiel- und Trinkwettbewerb zu gewinnen, in die Quere gekommen, und jetzt fällt mir ein, daß ich dabei auch noch Ärger kriegen könnte. Tank Girl wird mich nie und nimmer mit dem Preisgeld gehen lassen. Sie ist ein schrecklich schlechter Verlierer. Wenigstens ist sie bislang nicht in die Sache mit der Statue verwickelt. Was sie wohl dafür bezahlen würde? Wir sind nicht eben gut aufeinander zu sprechen. Wir sind zwar nie aus konkretem Anlaß aneinander geraten, aber jedesmal, wenn wir uns begegnen, macht sie sich über mich lustig, und sie weiß, daß ich sie auch verachte.

Trotzdem ist Tank Girl ein ernstzunehmender Gegner . . . Wie sie sich wohl gegen John the Brute behaupten würde? Die beiden können sich auf den Tod nicht ausstehen.

Ob es einen Weg gibt, Tank Girl auf meine Seite zu bekommen und dabei auch noch die Statue zu behalten, damit ich sie mit satterem Gewinn in Lugit City verkaufen kann? Mir fällt keiner ein.

Tank Girl gewinnt die nächste Runde. Der Professor reißt sich zusammen und gewinnt das nächste Blatt. Meine Geldreserven sind auf einem bedenklichen Tiefstand angelangt. Alles geht schief. Ich überlege, mich der Gnade des bewundernswerten Jet Girls anzuvertrauen und sie anzuflehen, mich in ihrem Jet von all dem hier wegzubringen. Aber ich glaube nicht, daß sie das tun würde. Donner scharwenzelt immer noch beschützend um sie herum. Ich hasse ihn. Ich wünschte immer noch, mir würde ein guter Känguruh-Witz einfallen.

KAPITEL 20

Trotz des Lärms, den Alvin auf der Bühne veranstaltet, gibt Tank Girl ihren Monolog nicht auf. Sie steht auf, rudert des Effektes wegen mit den Armen und schreit. Sie hat eine sehr laute Stimme, ein weiterer Negativfaktor an ihr. Stentorstimme, nennt sie der Professor. Wir fragen uns, was diesem Bedürfnis zugrunde liegen mag, ständig im Mittelpunkt zu stehen.

»Vielleicht hat man sie als Kind nicht beachtet«, meint der Professor.

»Das glaube ich gern. Ich wünschte, ich könnte sie als Erwachsene übersehen.«

Sie quasselt unbeirrt weiter.

»Nachdem wir also den Konvoi überfallen und die Kisten mit Waffen in unseren Besitz gebracht hatten, kehrten wir zum Lager der Ripper zurück, um unseren Sieg gebührend zu begießen. Diese bedauernswerten Ripper oder ›blöden Känguruhs‹ wie ich sie von da an nannte, forderten mich zu einem Trinkwettbewerb heraus. Sie dachten doch tatsächlich, sie könnten mich unter den Tisch trinken. Mich!«

Sie schüttelt sich vor Lachen.

»Ausgerechnet ein Trinkwettbewerb. Habt ihr schon mal ein trinkfestes Beuteltier gesehen? Wirklich traurig. Nach den ersten paar Litern machen sie schlapp, fangen an zu kotzen und kippen reihenweise um. Wirklich jämmerlich, beinahe hätten sie mir leid getan, wie sie da herumgetorkelt und mit ihren großen Füßen über die eigenen Schwänze gestolpert sind. Und dann haben sie um Johnny Prophet getrauert, der sie geschaffen hat und ihnen alles beigebracht hat und so weiter, bevor er vor Jahren bei irgendeiner geheimen Mission spurlos verschwand. Außerdem hatten sie plötzlich wahnsinnige Lust auf Sex, was ja möglicherweise ganz interessant gewesen wäre, wenn sie nicht außerstande gewesen wären, nach neun oder zehn Litern Bier noch einen hochzukriegen. Es gibt kaum einen traurigeren Anblick als acht Känguruhs mit Hängeschwänzen.«

Booga und Donner, die zwei Känguruhs, die noch im Spiel sind, sind nicht gerade begeistert davon, daß Tank Girl Einzelheiten ihres sexuellen Versagens hinausposaunt, daß es bis ans andere Ende der Bar zu hören ist und alle lachen.

»Warum überhaupt Känguruhs?« schreit Tank Girl plötzlich abschweifend. »Warum nicht genetisch entwickelte Wombats? Ich meine, Wombat ist wenigstens ein lustiger Name. Man könnte schon allein bei dem Gedanken an genetisch entwickelte Super-Wombats lachen.

Man könnte ein komisches Super-Wombat-Lied schreiben und in der Badewanne singen.

Oder vielleicht Koalabären, die gezüchtet werden, scheinbar harmlos und knuddelig in Bäumen herumzuhängen, um sich dann auf die Schultern ihrer Feinde fallen zu lassen und sie in Stücke zu reißen. Die Leute würden nichts Böses ahnen, bis es zu spät ist.«

Tank Girl imitiert einen genetisch entwickelten Super-Koala, der von einem Baum aus jemanden anspringt. Der Spieltisch ist in Gefahr zusammenzubrechen, und es wird schwierig, dem Spiel zu folgen. Habt ihr schon mal versucht, euch auf ein Kartenspiel zu konzentrieren, das schnelle Reaktionen erfordert und von dem euer Leben abhängt, während Tank Girl einen Killer-Koala imitiert, der von einem Baum springt? Der reinste Terror, das ist mal sicher.

Die Karten werden in rascher Folge auf den Tisch geknallt. Tank Girl spielt, während sie kopfüber von der Rückenlehne ihres Stuhls baumelt und sich über Wombats und die sexuelle Unzulänglichkeit von Känguruhs ausläßt, dabei Bier in sich hineinschüttet und bei Big Mary eine Pizza bestellt, weil sie Hunger hat. Bei so viel Ablenkung wundert es mich nicht, daß ich den nächsten Stich vermassele, und der Professor gewinnt. Professoren verfügen wohl über mehr Konzentrationsfähigkeit als Händler. Und als Minenarbeiter. Mining Jim ist pleite und scheidet aus. Traurig schüttelt er den Kopf und verläßt den Tisch.

»Sieh mal nach, wo meine Pizza bleibt, ja?« ruft Tank Girl ihm nach, aber er ignoriert sie.

Meine Lage ist jetzt sehr ernst. Das Geld, das vor mir liegt, reicht nur noch für zwei Runden. Wenn ich nicht mindestens eine davon gewinne, bin ich ebenfalls draußen.

Tank Girl, der dies natürlich nicht entgangen ist, quatscht ununterbrochen weiter. Da sie selbst den größten Geldhaufen vor sich hat, kann sie es sich leisten, ein paar Runden zu verlieren und derweil die schwächeren Spieler rauszudrängen.

Sie beschreibt die Party mit den Känguruhs nach dem erfolgreichen Überfall, obwohl der Großteil ihrer Beschreibung nur aus einer endlosen Aufzählung der Biere besteht, die sie getrunken hat, und ansonsten davon handelt, wie betrunken sie war, wie sie auf den Tischen getanzt hat und überhaupt die Seele des Ganzen war. Ihr Gequatsche macht mich wahnsinnig, aber da erklärt sie unvermittelt, daß die Kisten leer gewesen wären, als sie sie am nächsten Tag geöffnet hätten.

»Keine Waffen. Nur Sand. Außer in der letzten Kiste, die die Leiche von Johnny the Prophet enthielt, dem Guru der Känguruhs. Wahrscheinlich hatten Kesslee und seine Spießgesellen von Water and Power sie dort hineingelegt.

Mir war sofort klar, daß man uns reingelegt hatte. Irgendwie hatten sie die ganze Zeit über gewußt, was wir vorhatten. Sie wußten, daß wir den Konvoi überfallen würden und hatten die Kisten mit Sand gefüllt. Kesslee spielte mit uns.

Die Känguruhs wollten aufgeben. Da standen wir, bereit, mit einem Arsenal modernster Waffen einen Überraschungsangriff auf das Hauptquartier von Water and Power zu starten, und alles, was wir hatten, war Sand. Wahrscheinlich wußte Water and Power sogar genau über unsere Pläne Bescheid. Und dann waren die Känguruhs völlig fertig, weil ihr geliebter Johnny the Prophet tot war.

›O nein‹, heulten sie, ›Johnny, unser Mentor, ist tot, bei seiner geheimen Mission von Kesslee ermordet‹. Die

Moral war denkbar schlecht, aber ich formierte die Truppen neu und motivierte sie mit einer flammenden Rede.

›Känguruhs‹, sagte ich, ›euer Softie-Getue muß sofort aufhören! Macht euch kampfbereit.‹

›Aber wir haben keine Waffen, Tank Girl‹, protestierten sie.

›Wir haben einen Panzer und einen Jet‹, entgegnete ich. ›Und ich bin auch noch da, Tank Girl, unbesiegte Meisterin des Universums. Was wollt ihr mehr?‹

Das gab ihnen wieder Auftrieb.

›Und vergeßt nicht‹, sagte ich. ›Meine kleine Freundin Sam, ein unschuldiges zehnjähriges Mädchen, befindet sich in Kesslees Gewalt. Wer weiß, was er ihr gerade jetzt antut? Wir müssen sie so schnell wie möglich befreien.‹

Also warteten wir nur noch, bis wir die letzten Kästen Bier leer getrunken, ein anständiges Frühstück im Bauch hatten, sangen ein paar Lieder, brachten die Party wieder in Gang, tanzten die ganze Nacht, erledigten noch ein paar dringende Arbeiten im Haus und machten uns nach ein paar Wochen auf, Sam zu befreien und Kesslees Herrschaft über den unterdrückten Kontinent ein für allemal ein Ende zu machen.«

Die Känguruhs klatschten begeistert Beifall.

»Ihr seid wirklich lieb«, sagt Tank Girl. »Das war 'ne echte Spitzenleistung von mir. Die Känguruhs waren hinterher wieder Klasse drauf. Dann sind wir Sub Girl begegnet, glaub' ich, und sie redete was vom kommenden Regen, wie immer, nur, daß sie diesmal viel hitziger war als sonst. Sie war damals tierisch langweilig.«

Sub Girl zeigt keinerlei Reaktion, und ihre Konzentration läßt keine Sekunde nach. Ich versuche, ihrem Beispiel zu folgen. Ootsie, der immer noch hinter ihr steht, starrt sie weiter anbetend an. Idiot.

Donner versucht, den Arm um Jet Girl zu legen. Ich hasse ihn. Zu dem Namen müßte mir eigentlich ein guter Witz einfallen.

»Und das war's«, sagt Tank Girl. »Ich hatte die Truppen erfolgreich mobilisiert. Wir waren unterwegs, mit voller Kraft voraus, bereit für die entscheidende Schlacht gegen Water and Power.«

Die Känguruhs jubeln wieder.

Zwei Königinnen werden hintereinander gespielt. Ich sehe es, reagiere aber zu langsam. Die erste Hand auf dem Packen Karten ist Sub Girls. Verdammt.

KAPITEL 21

Sub Girls Gewinn fällt mit dem Ende von Alvins zweiter Spielphase zusammen. Big Mary kommt an den Tisch und verkündet eine weitere Unterbrechung. Noch ehe ich die Beine strecken kann, setzt sich ein untröstlicher junger Ninja neben mich. Es ist Bitsy.

»Ich habe versucht, mit Magdalen zu sprechen«, flüstert er mir ins Ohr. »Aber sie war ausgesprochen grob zu mir. Ich glaube, ich habe einen Fehler gemacht.«

Ich bin erleichtert, das zu hören. Wenigstens ist einer der jungen Liebeskranken rasch wieder zu sich gekommen. Ich frage mich, ob Ootsie inzwischen auch wieder bei Verstand ist. Ich blicke in die Runde und sehe, daß dem offenbar nicht so ist. Er hockt neben Sub Girls Stuhls, und gratuliert ihr zu ihrem Erfolg. In seinem Enthusiasmus vergißt er, die Stimme zu dämpfen.

»Du warst großartig, Sub Girl.«

Sie mustert ihn argwöhnisch.

»Wie bitte?«

»Wie du Schnapp gerufen und als erste die Hand auf dem Packen hattest. Das war wirklich toll.«

Sub Girl trinkt seit siebenunddreißig Stunden am Stück und ist ein bißchen verwirrt.

»Was ist daran toll?«

»Die Art, wie du es gemacht hast.«

»Wie ich was gemacht habe?«

Diesmal ist Ootsie der Verwirrte. Sub Girl macht es ihm nicht leicht. Er versucht es mit einer anderen Taktik.

»Darf ich dir einen ausgeben?«

Sub Girl funkelt ihn mit feindseligem Blick an.

»Hast du den Verstand verloren? Ich sitze seit siebenunddreißig Stunden hier und würge ein Bier nach dem anderen herunter, bis ich mir vorkomme wie ein Sack voll Kotze, und du willst mir einen ausgeben? Was ist los mir dir? Willst du mich umbringen?«

Ootsie ist völlig fertig. Sein Problem ist natürlich, daß er sich schrecklich in Sub Girl verknallt hat und jetzt nicht weiß, was er machen soll. So etwas gehört nicht zur Ninja-Ausbildung. Sich lautlos in eine feindliche Festung schleichen und einen Gegner umlegen kann er wie 'ne Eins. Oder als Palme getarnt in der Wüste rumstehen, das macht ihm kaum einer nach. Aber setz ihn neben eine Frau, auf die er scharf ist, und er versagt völlig. Einfach hoffnungslos.

Er merkt natürlich, daß es nicht gut läuft. Sub Girl zeigt keinerlei positive Reaktion. Ootsie versucht, die Unterhaltung in Gang zu halten, bis ihm etwas Romantisches einfällt, aber auch dieses simple Unterfangen ist zu viel für ihn, weil ihn alles Romantische schrecklich verlegen macht. Er traut sich nicht, weil er Angst hat, daß Sub Girl sich über ihn lustig machen könnte. Außerdem ist er extrem schüchtern und fürchtet, jemand könnte seine tölpelhaften Annäherungsversuche mitbekommen.

Es entsteht eine unbehagliche Pause.

»Vielleicht könnte ich dir eine Pizza holen«, flüstert Ootsie ihr schließlich ins Ohr.

»Hört euch das an!« brüllt Tank Girl und erscheint plötzlich an ihrer Seite. »Der kleine Ootsie ist scharf auf Sub Girl. Er will ihr eine Pizza holen! Nimm dich vor ihm in acht, Sub Girl, diese Wasteland Ninjas sind unmöglich. Einen Bissen von deiner Pizza, und schon hat er dir die Hose runtergezogen. Hey Booga, hör dir das an, Ootsie will mit Sub Girl vögeln!«

Tank Girl und Booga lachen gackernd, und alle anderen am Tisch lächeln. Sub Girl scheint perplex. Ootsie sucht verzweifelt das Weite.

»Bring mir eine Pizza mit Peperoni und Champignons, und du darfst an meinen Titten rumspielen!« ruft Tank Girl dem Flüchtenden nach.

Dann wendet sie sich Booga zu.

»Ich bin immer dafür, eine junge Liebe zu unterstützen. Ich habe euch doch nicht etwa gestört, Sub Girl?«

Wir geiern wieder laut los. Ootsie tut mir leid, aber ich kann nicht anders und grinse Bitsy an.

»Siehst du, was mit jungen Freiern passiert?«

Er antwortet nicht. Auf seinem Gesicht liegt ein vertrauter Ausdruck.

»Ist sie nicht großartig?« haucht er. »So stark.«

»Wer?« frage ich verständnislos.

»Tank Girl«, entgegnet er. »Ich liebe sie.«

»Sei nicht albern«, zische ich. »Tank Girl ist ein Scheusal. Sie würde dich in Stücke hacken.«

»Beleidige nicht die Frau, die ich liebe«, zischt er zurück.

»Was soll das heißen, die Frau, die du liebst? Vor fünf Minuten war Magdalen noch deine große Liebe.«

»Kindische Verliebtheit«, antwortet Bitsy. »Diesmal hat es mich richtig erwischt.«

KAPITEL 22

Abgesehen vom widerwärtigen Tank Girl haben alle am Tisch Mühe, das letzte Bier runterzuwürgen. Die anderen Spieler, also Jet Girl, Sub Girl, Booga, Donner, der Professor und ich, haben echte Schwierigkeiten damit. Ich muß alle Willenskraft aufbringen, das Glas zu leeren, und es kommt mir echt so vor, als würde mir der Alkohol zu den Ohren rauskommen. Booga scheint es sogar noch schlechter zu gehen als mir. Genau in dem Moment, wo er den letzten Rest Bier schluckt, schlägt er die Hände – oder die Pfoten – vor den Mund und stolpert in Richtung Toilette davon. Aus der Art, wie er gegen die Wand kracht und auf dem Bauch unter den Pooltisch krabbelt, darf man wohl schließen, daß er nicht mehr zurückkommt.

Nun, ein Spieler weniger bringt mich dem Sieg einen Schritt näher, und ich habe den Eindruck, daß Jet Girl auch nicht mehr lange durchhält. Obwohl ich mich in der Lage fühle, noch mehr Bier zu trinken, hab' ich verloren, sobald mir das Geld ausgeht. Da mein Geld nur noch für eine einzige Runde reicht und ich schon ewig kein Blatt mehr gewonnen habe, könnte das schon sehr bald der Fall sein.

Ich überlasse Bitsy, der Tank Girl immer noch mit verklärtem Blick anstarrt, sich selbst und gehe vom Tisch weg. Wie kann ich nur verhindern, daß ich gleich ausscheide? Leider achte ich nicht darauf, wo ich hingehe und laufe geradewegs ZugZug in die Arme.

»Hast du fünfhundert Zoobies Anzahlung für mich, Trader?«

Ich richte mich zu meiner vollen Größe auf. Mir wird schlecht. Ich schrumpfe zurück auf meine normale Größe.

»Ich schulde dir keine fünfhundert Zoobies, ZugZug.«

»Das wirst du aber nach der nächsten Runde.«

»Sollte ich aus dem Wettbewerb ausscheiden, kannst du dich darauf verlassen, daß ich meine Schulden in voller Höhe begleiche.«

ZugZugs Mundwinkel zucken. Möglicherweise bildet sie sich ein, das wäre ein Lächeln. Mir fällt auf, daß verschiedene Mitglieder der Children of the Temple of the Sun hinter ihr Stellung bezogen haben. Diese blöden Glatzköpfe.

Ich schenke ihnen einen verächtlichen Blick und kehre ihnen den Rücken zu. Ich will meine Ruhe haben. Magdalen und einige andere Shaolin Queens winken mich an ihren Tisch. Ich weiche ihnen aus und mache mich auf die Suche nach einer ruhigen Ecke, aber leider gibt es so etwas in der ganzen Bar nicht. Ich wäre schon mit einem Plätzchen zufrieden, an dem ich nachdenken kann. Loretta Dragon Slayer erscheint an meiner Seite und verlangt, daß ich ihr einen Preis für die Venus von Milo nenne, weil John the Brute langsam ungeduldig würde.

»Willst du damit sagen, daß er tatsächlich gedenkt, mir etwas für die Statue zu zahlen?«

Loretta Dragon Slayer schiebt ihr Gesicht dicht vor meins.

»Willst du damit andeuten, mein Boß wäre unehrlich?«

»Nun ja, immerhin bezeichnet er sich selbst als Banditenkönig der Red Mountains«, erkläre ich ihr. »Das ist nicht gerade ein vertraueneinflößender Name für jemand, der ihm etwas verkaufen will.«

Loretta macht jetzt ein Gesicht, als hätte sie einen Drachen vor sich, den sie überhaupt nicht mag.

»Nenn mir nur deinen Preis, Trader.«

»Eine Million Zoobies.«

»Was ist los mir dir?« fragt sie. »Bist du lebensmüde?«

Ich mache mich schnellstens davon. Da ich in Big Mary's Bar and Grill kein Fleckchen finden kann, das nicht von Drachentötern, Buchmachern, Shaolin Queens, Ninjas und ihresgleichen nur so überquillt, die alle etwas von mir wollen, steuere ich die Tür an. Draußen ist es kalt und naß, aber wenigstens ist dort keiner, der mir ans Leder will.

Es ist der achtunddreißigste Tag der Regenzeit, und die Umgebung von Big Mary's Bar and Grill hat sich in einen riesigen eisigen Sumpf verwandelt, auf den immer mehr Regen fällt. Big Mary's Bar ist leicht erhöht errichtet worden und unter dem Gebäude befinden sich riesige Drainagerohre, die den Großteil der Wassermassen ableiten, aber dennoch beginnt langsam Wasser durch den Türspalt zu rinnen. Wir befinden uns hier auf einer leicht abschüssigen Ebene, die eigentlich nicht überschwemmt werden kann, und das ist gut so. Ich würde nicht gern in Gesellschaft von Tank Girl und John the Brute auf einem Floß treiben. Ein schrecklicher Gedanke.

Ich lasse den Regen meine Haut durchweichen. Es ist ungemütlich hier draußen in Regen und Wind, aber immerhin wird mein Kopf etwas klarer. Ich blicke zu meinem umgerüsteten Big-Trader-Truck mit dem neuen XTF-98-Motor hinüber und fühle mich gleich wohler. Sollte eine Flucht unumgänglich werden, wird mich niemand einholen können.

Ich weiß nicht, was ich in Sachen von Milo unternehmen soll, aber erst mal ist für mich das wichtigste, daß ich nicht aus dem Wettbewerb ausscheide. Ich werde mogeln müssen. Das ist allerdings riskant. Es geht bereits ein Gerücht um, daß ich schon einmal gemogelt habe. Verflucht seien Magdalen und ihre großmäuligen Schwestern. Sie können mir nichts beweisen. Aber sie beobachten mich.

Ich blicke in die Ferne, wo es außer Regen nichts zu sehen gibt. Wenn der Regen aufhört, wird die Wüste aufblühen. Das ist ein wirklich hübscher Anblick, und für etwa vier Tage werden wir ein vernünftiges Klima haben, bis dann alles anfängt, wieder zu verdorren und die ganze Gegend sich wieder in eine heiße, trockene und ungemütliche Wüste verwandelt. Ich frage mich, ob es vielleicht irgendwo Kontinente gibt, wo das Leben angenehmer ist. Vielleicht könnte ich losziehen und irgendwo anders ein neues Leben anfangen. Ich grüble gerade darüber nach, als drei schwerbewaffnete Killer in einem Amphibienfahrzeug vorfahren und grob an mir vorbei in die Bar stürmen. Der Türsteher ruft ihnen hinterher, daß sie vergessen haben, ihre Waffen abzugeben. Guter Witz.

Also, das ist eine Überraschung. Eigentlich heuert niemand während der Regenzeit Killer an. Ich weiß, daß es Killer sind, weil sie schwarze Tücher um den Kopf tragen und sich alle ›Hit Man‹ auf die dicken Oberarme tätowiert haben. Auf wen haben sie es wohl abgesehen? Hoffentlich auf ZugZug. Vielleicht hat sie einen reichen Bürger verärgert und ihn bei einer Wette mit einer miesen Quote abgespeist.

Im Inneren der Bar fallen Schüsse, gefolgt von Rufen, Geschrei und dem Geräusch von Leibern, die durch die Gegend geschleudert werden. Ich bin versucht, einen Blick hineinzuwerfen, da ich hier draußen zu erfrieren drohe. Aber ehe ich die Tür erreiche, wird sie aufgestoßen, und ein zornig wirkendes Tank Girl schleift die Leichen zweier Killer ins Freie. Jet Girl folgt ihr und befördert den dritten Killer hinaus.

»Jetzt bin ich aber echt angeätzt«, sagt Tank Girl. »Das ist eine totale Unverschämtheit. Ich bin noch nie dermaßen beleidigt worden. Ich meine, *drei* Killer? Drei? Der letzte, der mich umbringen wollte, hat zwanzig geschickt. Wer hat was davon, den Eindruck zu erwecken, daß drei Killer reichen, um mich fertigzumachen? Das schadet meinem Ruf. Ich bin tierisch sauer, das kannst du mir glauben.«

KAPITEL 23

Sie gehen wieder hinein und lassen die toten Killer im Schlamm zurück, in dem sie langsam versinken. Ich starre gebannt auf ihre Leichen. Tank Girl hat natürlich recht. Drei Killer auf sie anzusetzen ist ziemlich naiv. Wer immer sie umbringen wollte, muß ziemlich geizig sein, daß er nicht mehr Leute angeheuert hat, die Drecksarbeit für ihn zu erledigen.

Dampf steigt von mir auf, als die drückende Hitze in Big Mary's Bar meine Kleider trocknet. Die Aufregung, die der Mordversuch ausgelöst hat, scheint sich bereits wieder gelegt zu haben. Daß Tank Girl drei Auftragskiller wegputzt, ist für die Anwesenden nichts Neues. Es wird nicht einmal groß spekuliert, wer die Killer geschickt haben könnte, und tatsächlich erfahre ich nie, wer der Auftraggeber war. Es sind ständig Killer hinter Tank Girl her. Nicht einmal sie weiß genau, wer sie alles tot sehen möchte. Jedesmal, wenn die Killer kommen, legt sie sie eiskalt um und wendet sich seelenruhig ihrer eigentlichen Tätigkeit zu.

Da mir nur noch Geld für eine einzige Runde bleibt, versuche ich, Alvin ein wenig Geld abzuknöpfen. Er will die Fuzzbox unbedingt haben, behauptet aber, mir nur hundert Zoobies dafür geben zu können und auch das erst am Ende der Nacht, wenn er von Big Mary die Gage für den Gig kassiert hat.

»Na toll, Alvin. Wenn ZugZug mir das Licht ausbläst, kannst du das Geld meiner Familie schicken, wo immer sie auch sein mag.«

Tank Girl haut mit der Faust auf den Tisch und erklärt, daß es Zeit ist, weiterzuspielen. Ich wünsche mir sehnlich, daß irgend jemand ihren Kopf auf den Tisch knallt. Alle kehren müde an den Tisch zurück. Iris Grim hält mich unterwegs auf.

»Sechshundert für die Statue«, sagt sie.

Ihr Wert scheint sich langsam herumzusprechen.

Ich sage ihr, daß die Shaolin Queens mir bereits das Doppelte geboten haben. Sie entgegnet, sie wisse, daß das gelogen sei. Achtunddreißig Stunden Dauertrinken müssen meine Verhandlungstalente angegriffen haben.

Ich nehme wieder Platz und setze meinen Einsatz, den letzten Rest meines Geldes. Booga hat es nicht zurück an den Tisch geschafft, und sein Geld kommt in den Topf.

»Sieh einer an, der Trader setzt seine letzten Zoobies«, spottet Tank Girl. »Ihr solltet seine Konzentration nicht stören. Seid alle ruhig, während der Trader verzweifelt versucht, im Spiel zu bleiben. Niemand sagt ein Wort. Er könnte den Trader ablenken, und dann muß er ZugZug fünfhundert Zoobies bezahlen, die er nicht hat. Erinnert den Trader unter gar keinen Umständen daran, was für ein guter Schütze ZugZug ist und was für ein aufbrausendes Temperament sie hat. Versucht, den Trader nicht merken zu lassen, daß ZugZug und vier ihrer Handlanger in eben diesem Augenblick direkt hinter ihm stehen. Kein Wort darüber. Laßt ihn einfach sein letztes Blatt ausspielen, so gut er kann. Vergeßt nicht, daß es wichtiger ist, dabeizusein als zu gewinnen. Wenn der Trader ausscheidet, nachdem er die Runde verloren hat, kann er immer noch stolz darauf sein, es bis hierher geschafft zu haben. Keinesfalls dürft ihr dem Trader sagen, daß Wetten auf seine Lebenserwartung abgeschlossen wurden, während er draußen war. Jeder, der so etwas sagt, könnte ihn ablenken, und das ist doch das letzte, was wir wollen, nicht wahr. Bist du bereit, Trader? Gib einfach dein Bestes. Mehr kann man nicht von dir verlangen. Ich störe dich doch nicht etwa in deiner Konzentration, oder?«

Ich funkle sie zornig an. Sie schenkt mir ein honigsüßes Lächeln. Der Professor mischt die Karten.

»Wo war ich stehengeblieben?« fährt Tank Girl fort. »Bei der entscheidenden Schlacht um das Hauptquartier von Water and Power, wenn ich mich recht erinnere. Um

Sam aus dem Rohr zu befreien. Habe ich schon erwähnt, daß Kesslee Sam in ein Rohr gesteckt hatte, in dem sie Gefahr lief zu ertrinken? Das erfuhr ich natürlich erst später. Kesslee hatte eine Schwäche dafür, andere Leute in Wasserrohre zu stecken. Ich weiß auch nicht, warum. Eigenartige Gewohnheit, aber das ist Briefmarkensammeln auch. Genaugenommen ist Briefmarkensammeln sogar ein noch merkwürdigeres Hobby als Leute in Wasserrohre zu stecken.«

»Züge beobachten ist wirklich abartig«, bemerkt Jet Girl.

»Ja, das stimmt«, stimmt Tank Girl ihr zu. »Vor allem, wo es doch gar keine Züge mehr gibt. Aber das scheint sie nicht zu stören. Ob Kesslee Rohre gesammelt hat? Oder hatte er ein bestimmtes Lieblingsrohr? Ich bin nie dazu gekommen, ihn das zu fragen.«

Der Professor gibt, und ich konzentriere mich auf die Karten.

»Als wir über die Vorgehensweise bei unserem Angriff sprachen, kam mir sofort eine geniale Idee. Ich wollte Jet Girls Flugzeug, das sie zwischenzeitlich rosa gespritzt hatte, so umlackieren, daß es wieder wie ein normales Militärflugzeug aussah. Also machten wir uns auf zu Sub Girls Wüstenwerkstatt, um die Umlackierung vornehmen zu lassen.«

»Sub Girl hatte eine Werkstatt?« fragt der Professor skeptisch.

»Ja, was ist daran ungewöhnlich?«

»Wenn Water and Power so allmächtig waren, daß sie den gesamten Kontinent beherrschten, wie konnte dann Sub Girl eine illegale Werkstatt führen, die groß genug war, daß man in ihr ein Militärflugzeug lackieren konnte? Haben sie denn nichts davon gemerkt?«

»Was für eine Nervensäge du doch bist«, meint Tank Girl. »Hör endlich auf, lächerliche Einwände gegen meine Geschichte zu erheben. Wenn ich sage, daß Sub Girl eine große Werkstatt hatte, dann hatte sie eine große Werkstatt. Tagsüber war sie als Kaffee-und-Croissant-Laden getarnt.

Sub Girl war wie gewöhnlich dort und werkelte an ihrem U-Boot – oder zumindest behauptete sie das. Natürlich plapperte sie davon, daß der große Regen käme, und wir unsere Regenschirme flicken und uns auf die Sintflut vorbereiten sollten. Wir flogen den Jet hinein und lackierten ihn um.«

Tank Girl wirft dem Professor einen Blick zu, um zu sehen, ob er wieder irgendwelche Einwände hat. Hat er nicht. Er ist eingenickt. Der Karten- und Trinkmarathon war doch zuviel für ihn. Ich konzentriere mich immer noch so gut ich kann und sehe nicht einmal auf, als das Geld des Professors in die Tischmitte geschoben wird. Zusammen mit Boogas Geld befindet sich jetzt eine beträchtliche Summe im Topf. Jetzt sind nur noch meine Wenigkeit, Tank Girl, Jet Girl, Sub Girl und Donner übrig.

Tank Girl, die sich dessen wohl bewußt ist, gibt sich um so mehr Mühe, alle abzulenken, fängt an, mit den Armen zu rudern und hockt sich auf den Spieltisch, als säße sie in ihrem Panzer und führe ihre Truppen in den Kampf. Sie erzählt, wie sie Jet Girl und die Ripper im Jet vorausschickt, um einen Frontalangriff durchzuführen, während sie mit ihrem Panzer ein geschicktes Manöver fährt.

»Ich bin meilenweit durch ödes Wüstenland gerast, bin nachts gefahren und habe tagsüber geschlafen. Nicht ein Bier kam über meine Lippen, und ich kämpfte mich grimmig entschlossen vorwärts. Ein wirklich großartiges strategisches Manöver. Napoleonisch. Und dann, nachdem ich die Außenposten umfahren hatte, wißt ihr, was ich dann getan habe?«

»Was hast du dann getan, Tank Girl?« fragt Donner.

»Wollt ihr wissen, was ich dann getan habe?«

»Erzähl es uns, Tank Girl . . .«

»Schnapp«, rufe ich, immun gegen diese Ablenkungstaktik, und werfe mich mit dem ganzen Oberkörper über die letzte ausgespielte Karte.

»Gewonnen, gewonnen!« rufe ich. »Ich habe gewonnen! Ich bin wieder drin!«

Das würde stimmen, wenn ich mich nicht geirrt und mit dem Oberkörper über eine Dame geworfen hätte, die auf einen König gefolgt ist, statt auf eine andere Dame, wie ich es gesehen zu haben glaubte.

»Der Trader ist mit den Nerven fertig«, brüllt Tank Girl und grinst extrabreit. Offenbar amüsiert sie sich köstlich über meine Verzweiflung.

Meiner Würde beraubt setze ich mich wieder hin. Das Spiel geht weiter. Tank Girl fährt fort.

»Ich bin in meinen guten, alten Paraglider gestiegen und habe mich dem Hauptquartier aus der Luft genähert. Brillant, auch wenn Eigenlob stinkt. Selbst wenn die Wachen mich erwarteten, würden sie damit nicht rechnen. ›Wo ist Tank Girl?‹ würden sie sagen und nach meinem Panzer Ausschau halten. ›Wir können sie nirgendwo sehen.‹ Dabei würde ich über sie hinwegfliegen, zu einer perfekten Landung ansetzen, Waffen, Granaten und Schleuder bereit, um ein Chaos auszulösen und den Feind auszulöschen.

Gleichzeitig näherten sich Jet Girl und die Känguruhs der Basis von der entgegengesetzten Seite. Jet Girl, ehemals schüchtern und introvertiert hatte sich inzwischen unter dem Einfluß von Tank Girls ›Sauf- und Kotzfestigkeitskurs‹ völlig verändert. Der Kurs besteht darin, so viel zu trinken, bis es einem scheißegal ist, was andere von einem denken, und ich habe festgestellt, daß es immer bestens funktioniert. Als also die Känguruhs mit ihr stritten und T-Saint versuchte, die Führung zu übernehmen, hatte sie keine Mühe, ihn außer Gefecht zu setzen und die Ordnung wiederherzustellen, bevor sie zur Landung ansetzte.

Mit Hilfe diverser Geheimcodes, die Jet Girl sich im geheimen verschafft hatte, während sie als Mechanikerin auf der Basis arbeitete, landeten sie, ohne den geringsten Verdacht zu erregen. Jeder glaubte, es handle sich um ein reguläres Flugzeug von Water and Power, und so konnten sie unbehelligt in den Hangar rollen. Das war der Augenblick. Wir waren alle auf unserem Posten. Ich hatte meinen Panzer dahingehend programmiert, den Außenzaun zu durchbrechen und das Geschützfeuer des Feindes auf sich zu ziehen, während wir anderen uns von hinten heranschlichen.

Da waren wir also. Bereit, zum vernichtenden Schlag auszuholen.

›Laßt uns mit dem Tanz beginnen‹, sagte ich, und mein Panzer krachte in den Zaun. Die Schlacht hatte begonnen.«

Tank Girl läßt ohne Luft zu holen und scheinbar ohne auf das Spiel zu achten, unvermittelt die Hand auf den Kartenstapel niedersausen. Sie hat gewonnen. Sofern es mir nicht gelingt, innerhalb der nächsten dreißig Sekunden Geld aufzutreiben, bin ich draußen.

KAPITEL 24

In diesem historischen Augenblick, da ich vor der völligen Niederlage stehe und Tank Girl Vorsprung gewinnt, beginnt Jet Girl, sich äußerst merkwürdig zu benehmen. Sie ist dran mit Geben, aber sie sitzt einfach nur da, ein blödes Grinsen auf dem Gesicht. Dann fängt sie an zu kichern. Ihr Kichern schwillt rasch zu hysterischem Gelächter an. Sie schiebt ihren Stuhl zurück, springt auf und schneidet Donner eine Grimasse.

O Gott, armes Jet Girl. Offensichtlich steht sie kurz davor durchzudrehen. Bisher hat sie ruhig am Tisch gesessen, hin und wieder einen Kommentar zu Tank Girls Geschichte abgegeben, ihr Bier getrunken und Karten gespielt. Während der letzten Stunde haben sich bei ihr Ermüdungserscheinungen bemerkbar gemacht, aber anstatt von dem vielen Alkohol einzuschlafen, rastet sie völlig aus. Es ist, als würden die vierzig Stunden steten Trinkens sich bei ihr in einem Anfall von Wahnsinn Luft machen.

Sie springt auf den Tisch. Sie breitet die Arme aus wie Flügel und fängt an, Motorengeräusche und ähnliches zu imitieren und tut, als flöge sie ihren Jet. Karten und Geld fliegen durch die Gegend, als der irrsinnige Pilot anfängt, mit Gläsern um sich zu werfen und dabei ›Feuer!‹ und ›Nimm das, du Schwein‹ brüllt und noch einiges andere, das ich gar nicht richtig mitbekomme.

Ich bin sauer über diese plötzliche Unterbrechung des Kartenspiels, aber Tank Girl, so unzivilisiert und ungehobelt sie nun einmal ist, legt nur den Kopf in den Nacken und brüllt vor Lachen. Sie findet den Ausbruch ihrer Freundin so komisch, daß sie zu ihr auf den Tisch springt und tut, als wäre sie ein Panzer. Minuten später trampeln zwei Irre auf dem Tisch herum und verbreiten Chaos und Verwüstung. Die Shaolin Queens und andere, die in der Nähe sitzen, biegen sich vor Lachen, und Big Mary eilt herbei, um zu sehen, was eigentlich los ist. Donner zeigt sich einigermaßen beunruhigt, aber Sub Girl sitzt nur da, ein höhnisches Grinsen auf dem Gesicht. Sie rückt leicht vom Tisch ab, um den wirbelnden Füßen und herumfliegenden Gläsern auszuweichen.

»Feindliches Ziel voraus«, schreit Jet Girl. »Werft die Bombe ab.« Sie schleudert einen Bierkrug in die Menge.

»Nehmt das!« brüllt Tank Girl und läßt Erdnüsse auf alle herabregnen.

Jet Girl verliert das Gleichgewicht. Donner springt auf den Tisch, um sie aufzufangen. Leider ist der Tisch nicht stabil genug, das Gewicht zweier Frauen und eines Känguruhs zu tragen und bricht unter ihnen zusammen, so daß ich unter ihm begraben werde. Wütend kämpfe ich mich aus den Trümmern menschlicher Verwüstung heraus. Tank Girl tut es mir nach. Donner und Jet Girl hingegen bleiben auf dem Boden liegen. Der Sturz und der Alkohol haben sie beide geschafft, und sie liegen gemeinsam mit Little Wee Sam in einem wüsten Haufen auf dem Boden.

Tank Girl findet das Ganze wahnsinnig komisch und lacht aus voller Kehle. Ich finde das nicht im geringsten amüsant.

»Ich werde bezüglich dieser Ablenkungstaktiken eine Beschwerde an das Veranstalterkomitee schicken!« sage ich. »Ich verlange, daß ich auf der Stelle zum Sieger des Wettbewerbs ernannt werde!«

Niemand achtet auf mich. Sie sind alle viel zu sehr

damit beschäftigt, ihr Geld aufzusammeln, bevor einer von den Tausenden von Dieben und Kriminellen in Big Mary's Bar es in die Finger kriegt.

»Auf geht's, Jet Girl!« schreit Tank Girl, als Big Mary mit Hilfe einiger Angestellter ihre Freundin und das Känguruh in eine Ecke verfrachtet, wo sie ihren Rausch ausschlafen können.

Trotz meines Zornes tut Jet Girl mir jetzt leid, wo sie betrunken und bewußtlos fortgeschleift wird. Das heißt aber nicht, daß ich ihr diesen Ausbruch verzeihe. Vermutlich war sie eine ruhige und artige junge Dame, ehe sie unter den üblen Einfluß von Tank Girl geriet. Morgen schämt sie sich bestimmt für ihr Benehmen.

Big Mary ist auch nicht erfreut und teilt uns brummig mit, daß sie vom Preisgeld etwas abbekommen will, als Ersatz für den Tisch. Man sollte meinen, daß Big Mary in Anbetracht des Umsatzes, den der Wettbewerb ihr gebracht hat, den Verlust eines billigen alten Tisches verkraften könnte, aber sie ist eben eine gerissene Geschäftsfrau, und nach Jahren der Kneipenwirtschaft in den Wastelands ist sie zu Freundlichkeit oder Mitgefühl nicht mehr fähig, denn hier ist jeder zweite total durchgeknallt und ein Gesundheitsrisiko. Außerdem mußte sie einundvierzig Stunden lang Tank Girl ertragen, und das macht wohl jeden fertig.

Ein paar Kellner drängen sich um den Tisch und versuchen, zu retten, was zu retten ist, und für uns Spieler bedeutet das eine unplanmäßige Unterbrechung. Diese wundersame Galgenfrist verschafft mir unverhofft eine Chance, im Spiel zu bleiben. Wenngleich jeder Spieler, dem während des Wettbewerbs das Geld ausgeht, automatisch ausscheidet, gilt dies nicht, wenn sein Bankrott mit einer Unterbrechung zusammenfällt. Es ist erlaubt, während einer Pause zu versuchen, Geld aufzutreiben. Wenn es mir gelingt, an Bares heranzukommen, bevor die nächste Runde beginnt, bin ich wieder dabei. Ein unglaublicher Glücksfall, sage ich mir und mache mich auf die Suche nach Iris Grim.

Wir werden uns schnell einig. Iris Grim, die sich wohl einbildet, wertvolle Informationen über die Statue zu besitzen, zahlt mir die sechshundert Zoobies, ohne viel drum herum zu reden. Sie nickt, als ich sie bitte, die Statue bis zum Ende des Spiels zu lassen, wo sie ist.

»Sieh sie nicht einmal an. John the Brute will sie unbedingt haben, und es gibt Ärger, wenn er erfährt, daß du sie ihm vor der Nase weggeschnappt hast.«

Ich haste zurück zum Tisch. Tank Girl setzt an, mir ihr Bedauern darüber auszusprechen, daß ich draußen bin, aber ich knalle nur triumphierend meine neue Barschaft auf den Tisch.

»Ich bin immer noch dabei.«

Sie grinst.

»Schön schön. Wo hast du denn das aufgetrieben? Bestimmt durch irgendein mieses Geschäft, das du bestimmt bald bereuen wirst. Du bist also noch dabei, Trader. Jetzt sind nur noch du, ich und Sub Girl übrig.«

Sie klopft mir auf den Rücken, ehe sie sich abwendet, die Bar ansteuert und nach Bier und einer Pizza verlangt.

»Und eine Schüssel Cornflakes mit einer Banane oben drauf«, fügt sie hinzu. »Schneide die Banane in gleich große Scheiben, aber laß sie nicht in die Milch fallen. Und streu Zucker über die Cornflakes, bevor du die Bananenscheiben oben drauf legst.«

Ootsie, der sich einbildet, Sub Girl hätte nach der Aufregung am Kartentisch Trost nötig, versucht, seine junge Hand auf ihre lederbedeckte Schulter zu legen.

Sie wirft ihm einen Blick zu, der sagt: ›Nimm die Hand da weg, bevor ich sie abhacke und dir das Maul damit stopfe.‹ Hastig zieht er die Hand zurück. Armer Ootsie. Man kann eine toughe Schlägertype wie Sub Girl nicht trösten. Ein Mensch, der mit Tank Girl auf unglaubliche Saufereien geht, in einem riesigen U-Boot herumfährt und Torpedos auf alles mögliche abfeuert, die Sieben Weltmeere unsicher macht und Fische in Angst und Schrecken versetzt, ist nicht der Typ, in einer Bar still Händchen zu halten. Ootsie hat sich einfach die Falsche ausgesucht. Er sollte sich mit einer netten Verkäuferin in Lugit City zusammentun, sofern er eine findet, die sich nicht an seinen eigenartigen und geheimnisvollen Ninja-Praktiken stört. Aber er läßt sich nicht entmutigen, bleibt hinter Sub Girl sitzen und starrt sie in stiller Anbetung an. Idiot.

Es ist eigenartig, wie die Inspiration in den unverhofftesten Augenblicken zuschlägt. Jeder, der meine verzweifelte Lage betrachtet – von allen Seiten von Feinden umgeben, die Venus von Milo an drei verschiedene Parteien verkauft, die nicht eben erfreut darüber sein werden, wenn es herauskommt, John the Brute und ZugZug, die mir im Nacken sitzen, Tank Girl und Sub Girl, die weit nüchterner sind als ich – würde meinen, daß ich genug damit zu tun hätte, einfach nur durchzuhalten, und mir niemals zutrauen, in dieser Situation auf einen ausgefuchsten Plan zu kommen. Aber so bin ich eben. Stellt den Trader vor ein kniffliges Problem, und er hat 'ne Superidee. Je verzweifelter die Lage, desto entschlossener wird der Trader. Ihr könnt in den Wastelands fragen, wen ihr wollt, jeder wird es euch bestätigen.

Und so erkenne ich in dieser Krisensituation, warum ich bisher so schlecht bei dem Trinkwettbewerb und beim

Kartenspiel abgeschnitten habe. Tank Girl und Sub Girl sind mir beim Trinken und Kartenspielen überlegen. Gut. Das läßt mich völlig kalt. Ich weiß jetzt, was ich zu tun habe.

Ich torkle zur Bar und wende mich an Grid, den Barmann, mit dem ich gut kann, weil ich ihn an ein paar guten Deals beteiligt habe. Der Trader weiß das schon lang: Es lohnt sich, beim Barmann gut angeschrieben zu sein.

»Grid. Verkauft Big Mary immer noch diesen gräßlichen Palmwodka, der einen umhaut, aber völlig geschmacksfrei ist?«

Er nickt.

»Versetz Tank Girl und Sub Girls Bier mit dem Schnaps. Ein paar Schlucke von dem Teufelszeug, und sie können kaum noch die Augen offen halten, geschweige denn Kartenspielen.«

Grid ist skeptisch.

»Warum sollte ich das tun?« fragt er.

»Weil wir Freunde sind.«

»Ich könnte meinen Job verlieren.«

»Ich zahl' gute Kohle dafür.«

Wir verhandeln, und ich bin ein wenig enttäuscht, daß Grid einen so hohen Preis verlangt, wo wir doch Freunde sind, aber schließlich werden wir uns doch einig. Als ich an den Spieltisch zurückkehre, lache ich in mich hinein. Tank Girl und Sub Girl werden nicht wissen, wie ihnen geschieht.

Loretta Dragon Slayer versperrt mir wieder den Weg.

»Hübsches Samurai-Outfit«, sage ich freundlich.

Sie ignoriert das Kompliment. Ich weiß gar nicht, wozu ich mir überhaupt die Mühe mache, nett zu sein.

»Die Statue. John the Brute wird langsam ungeduldig.«

Ich erkläre ihr, daß nur noch drei Spieler übrig sind und ich allen Grund habe zu glauben, daß der Wettbewerb bald entschieden sein wird. Nicht einmal John the Brute sei dazu fähig, einen Mann so kurz vor dem Sieg vom jährlichen Wasteland Schnapp- und Trinkwettbewerb wegzuzerren?

»Und hinterher kann er die Venus von Milo für nur einhunderttausend Zoobies haben. Das ist praktisch geschenkt.«

Wir werden von einem jämmerlichen Heulen abgelenkt. Der klagende Laut stammt von Bitsy, der sich in traurigem Zustand befindet. Tank Girl hat ihm die Schüssel Cornflakes mit Banane über den Kopf geschüttet. Auf seinem blauen Haar sieht das wirklich ziemlich kaputt aus.

»Tank Girl ist herzlos«, jammert er. »Ich mache ihr ein Kompliment, und sie schüttet mir eine Schüssel Cornflakes mit Banane über den Kopf. Ich hasse sie.«

Hierauf macht er sich niedergeschmettert davon. Sehr traurig. Aber im Grunde ist es für ihn das beste so. Nachdem er sich in Tank Girl verliebt hat, kann er vermutlich von Glück sagen, daß er so glimpflich davongekommen ist. Andere hat es schlimmer erwischt.

KAPITEL 25

Jetzt sind wir nur noch drei Spieler.

»Die Spannung steigt«, sagt Tank Girl, als wir uns wieder setzen. Sie redet beständig solch abgedroschenes Zeug.

»Hast dich gut geschlagen, daß du es bis hierher geschafft hast, Sub Girl, altes Haus. Das hätte ich dir gar nicht zugetraut. Auch wenn man sagt, du wärst nicht ganz dicht, weil du die meiste Zeit in deinem U-Boot rumhängst und mit Haien spielst, ich hab' dich immer gemocht. Ich hab' dich sogar schon damals gern gehabt, als du noch jeden mit deinen Prophezeiungen zu Tode gelangweilt hast. Unter meiner Anleitung hast du dich gut rausgemacht. Kümmere dich nicht um das, was die Leute sich hinter deinem Rücken erzählen. Ich glaube an dich. Du hast den zweiten Platz bei diesem Wettbewerb redlich verdient.«

Sub Girl zeigt keinerlei Reaktion hierauf. Kalt wie ein Fisch sitzt sie da. Vielleicht verbringt sie deshalb soviel Zeit unter Wasser. Ja, das könnte wirklich sein.

»Und was dich betrifft, Trader«, fährt Tank Girl fort, »du bist ein Betrüger, Dieb und Lügner. Ich hoffe, ZugZug zerlegt dich in deine Einzelteile. Aber nimm's nicht persönlich.«

»Wie kommst du eigentlich darauf, daß du gewinnen wirst, Tank Girl?«

Sie grinst ihr breites Grinsen.

»Ich gewinne immer. Ich bin in allem ungeschlagener Champion.«

Diesmal nicht, sage ich mir grimmig, als Grid die gepanschten Biere an den Tisch bringt. Tank Girl, deren Gier ihrem Ego in nichts nachsteht, schüttet das Gebräu in sich hinein und nimmt den Faden ihrer Erzählung wieder auf.

»Also hatten wir die Basis gestürmt. Das Heer der Angreifer – also ich, Jet Girl und die Ripper – hatte seine Stellungen bezogen. Aber das war nur der Anfang, und es war bei weitem noch nicht vorbei. Vergeßt nicht, daß wir zu acht der gewaltigen, gut ausgerüsteten und hoch disziplinierten Armee von Water and Power gegenüberstanden, mit ihren Panzern, schweren Geschützen, kleinen Geschützen, Kampfflugzeugen, Bombern, Kampfhubschraubern, Sturmfahrzeugen und dergleichen.« Nach kurzer Pause fährt sie fort.

»Ich hatte schon immer eine Schwäche für moderne Waffen. Ich weiß nicht, warum. Wahrscheinlich angeboren, die Vorliebe. Aber das beruht auf Gegenseitigkeit. Mein Panzer liebt mich auch.«

Sie winkt ihrem Panzer durch das Fenster zu. Soweit ich sehe, winkt er nicht zurück. Vielleicht ist er nur müde.

»Und für Bier natürlich. Ich hatte schon immer eine Schwäche für Bier.«

Sie nippt an ihrem Glas. Wissend, daß das Bier mit Big Marys tödlichem Palmschnaps versetzt ist, muß ich an mich halten, nicht laut zu lachen. Nimm das, Tank Girl. Nicht einmal dur wirst viel von dem Gebräu vertragen. Die Karten werden ausgeteilt, und Tank Girl, die den Faden ihrer Geschichte verloren hat, murmelt Unverständliches Zeug über Bier und Panzer.

Irgendwann im Laufe des Abends hat Tank Girl sich mit Schminke unter jedes Auge zwei Linien gemalt, die an die Kriegsbemalung der Post Apocalypse Biker Girls erinnern, nur daß sie schwarz sind statt grün und nicht so breit. Ich für meinen Teil finde, daß es lächerlich aussieht, aber sie ist sichtlich zufrieden mit ihren Werk, da sie die Bemalung jedem zeigt, wie ein kleines Mädchen sein neues Kleid. Da sie die Schminke jedoch nicht in Frieden lassen kann, sondern ständig mit den Fingern an ihrem Gesicht herumfummelt, sind die Linien inzwischen leicht verwischt. In der Hitze beginnen winzige schwarze Bäche in Zeitlupe über ihre Wangen zu rinnen.

Ich sehe, wie Iris Grim auf die Venus von Milo zusteuert, die immer noch mit Baseballmütze und Lederjacke in ihrer dunklen Ecke auf einem Stuhl sitzt. Ich habe Angst, daß Iris eine Dummheit machen könnte. Sie könnte zum Beispiel rufen ›Die Venus von Milo! Sie ist eine Million Zoobies wert und gehört mir ganz allein!‹ Das würde meine anderen Kunden ziemlich aufregen und John the Brute in Rage bringen. Aber Iris tut nichts dergleichen. Sie betrachtet die Statue nur und nickt kaum merklich mit dem Kopf. Iris Grim trägt, ebenso wie alle anderen Post Apocalypse Biker Girls, den Kopfputz aus grüngefärbten Adlerfedern und Kriegsbemalung. Das bringt etwas Farbe in den Laden. Ist schon ein interessanter Anblick, wenn sie in voller Montur mit ihren Motorrädern über die Sanddünen rasen.

Ich bemerke, daß Bitsy Interesse an Iris Grim bekundet. Er steht neben ihr und glubscht wieder dumm.

Während ich Iris Grims Kopfputz betrachte, gewinnt Sub Girl die Runde. Ich zwinge mich, meine Aufmerksamkeit wieder dem Spiel zuzuwenden. Mein Geldhaufen ist bei weitem der kleinste der drei, und ich muß regelmäßig gewinnen, um mithalten zu können. ZugZug hockt derweil hinter mir wie ein Aasgeier, flankiert von zwei Children of the Temple of the Sun.

»Hört mit dem verdammten Singsang auf!« gifte ich. Sie ignorieren mich.

Tank Girl setzt ihre Erzählung fort.

»Wir hatten echt noch 'n hartes Stück Arbeit vor uns. Genaugenommen mußten wir eine ganze Armee besiegen. Der Plan war der, daß Jet Girl und die Känguruhs sich um die Armee kümmern sollten, während ich mich um Kesslee kümmerte und Sam befreite. Als ich mit dem Panzer den Außenzaun durchbrach und alles über den Haufen ballerte, was mir in die Quere kam, machte ich mich auf den Weg zu Kesslees Büro, in der Hoffnung, ihn zu überrumpeln. Die meisten Soldaten rannten runter zu meinem Panzer, um nachzusehen, was der Lärm zu bedeuten hatte, aber einige Wachen blieben zurück. Ich räumte sie auf meine schnelle Art aus dem Weg und erzählte ein paar Witze dabei, um keinen unnötigen Ernst aufkommen zu lassen, und stürmte in den Verwaltungstrakt.

Hier wurde es allerdings ein bißchen haarig. Ich verlief mich. Vergeßt nicht, daß ich die meiste Zeit, die ich zuvor hier verbracht hatte, in Ketten lag und vollgepumpt war mit Schwarzer Pest, Gelbfieber oder sonst einer Scheiß-Seuche, und so war es nur natürlich, daß ich ein wenig die Orientierung verlor. Nachdem ich die Kantine, die Offizierswaschräume und den Innengolfplatz hinter mir hatte – ziemlich schwieriger Parcours, ich habe am achtzehnten Loch fünf Putts gebraucht – fand ich mich in der Schatzkammer wieder, diesem legendären Eldorado, von dem es hieß, es wäre vollgestopft mit Kunstschätzen, die Water and Power auf dem ganzen Kontinent erbeutet hat.

Ich machte Schießübungen auf ein paar italienische Gemälde und griechische Vasen, bis ich mir sagte, daß ich sie nicht alle vernichten sollte; denn wenn ich erst Kesslee besiegt hatte, würde der ganze Plunder ja mir gehören und die Mona Lisa könnte man bestimmt gegen eine Menge Bier eintauschen. Also tätschelte ich einer Statue den Kopf und sprengte . . .«

Sie verstummt und schüttelt den Kopf.

»Ich tätschelte einer Statue den Kopf und sprengte . . .«

Wieder verstummt sie. Ein vager Gedanke scheint in ihrem Kopf Gestalt anzunehmen. Sie dreht sich in ihrem Stuhl und blickt geradewegs auf die Venus von Milo. Eine Weile starrt sie sie unverwandt an.

»Ich tätschelte einer Statue den Kopf«, sagt sie, diesmal langsamer, »sprengte ein Loch in die Rückwand und ließ die Kunstschätze zurück. Die Kunstwerke, die nach der Schlacht mir gehören würden. Die Schätze, zu denen auch eine besonders wertvolle Statue gehörte.«

Sie starrt mich an. Ein ziemlich durchdringender Blick, muß ich zugeben. »Trader, hast du auf den Ruinen des Hauptquartiers von Water and Power nach Antiquitäten gebuddelt?«

Ich schüttle den Kopf.

»Nein. Ich weiß nicht mal, wo das ist. Ist doch alles unter dem Sand begraben. Hab' ich jedenfalls gehört ... Von Leuten, die dort gewesen sind. Ich bin selbst nie dagewesen. Ich bin dran, oder?«

Ich greife nach den Karten und teile sie rasch aus. Tank Girl macht den Anschein, als hätte sie hierzu noch etwas zu sagen, läßt die Angelegenheit aber für den Augenblick auf sich beruhen.

»Schließlich fand ich Kesslees Büro, aber er war nicht dort; also hab' ich's nur so zum Spaß völlig demoliert. Ich hab' sein Befehlshaberspielzeug verbrannt, seine Wandkarten beschmiert und in die Aquarien gespuckt. Draußen konnte ich hören, daß die Schlacht langsam in Gang kam, als Jet Girl und die Ripper sich daran machten, die Armee auseinanderzunehmen. Ich würde ja an dieser Stelle Jet Girl weitererzählen lassen, aber sie liegt leider bewußtlos in der Ecke, und so muß ich wohl oder übel für sie einspringen.«

In diesem Augenblick gewinne ich eine Runde – mein

erster Sieg seit langem. Das gibt mir Auftrieb. Vielleicht macht sich der Palmwodka schon bemerkbar und verlangsamt ihre Reaktionen.

»Trink aus«, sage ich gutgelaunt und greif' mir die Kohle ab.

KAPITEL 26

Während Sub Girl die Karten mischt, stört Loretta Dragon Slayer meine Konzentration, dabei zischt sie mir ins Ohr, daß mir fast das Trommelfell platzt.

»John the Brute wird langsam ungeduldig.«

»Ich kann jetzt nicht aufhören«, zische ich zurück. »Sei vernünftig. Ich stehe kurz vor dem Endsieg. Alvin wird bald wieder auf die Bühne steigen. Sag John, er soll nach vorn gehen und tanzen.«

»Soll das 'n Witz sein, Trader? John the Brute tanzt nicht.«

»Sollte er aber. Die Bewegung würde ihm guttun. Red ihm gut zu, wahrscheinlich ist er nur schüchtern. Oder mach mit ihm einen Spaziergang draußen im Regen. Unterhalte ihn mit Geschichten über all die Drachen, die du getötet hast. Ich kann keine Geschäfte machen, wenn ich Karten spiele. Sag ihm . . .«

Plötzlich kommt mir ein schlauer Einfall.

». . . sag ihm, daß Tank Girl mich nicht wegläßt, ehe das Spiel vorbei ist. Wenn sie nicht wäre, würde ich in eben diesem Augenblick geschäftliche Verhandlungen mit John führen.«

Es kann nie schaden, ein wenig Zwietracht zwischen den eigenen Feinden zu säen und den einen beim anderen anzuschwärzen.

»Plötzlich hörte ich über das Getöse Sams Stimme«, fährt Tank Girl lautstark fort. »Glücklicherweise konnte ich sie trotz des Gefechtslärms hören. ›Hilfe, Hilfe, Kesslee hat mich in ein Wasserrohr gesperrt, und das Wasser reicht mir schon bis zum Kinn. Ich werde ertrinken!‹

Ich bin überall rumgelaufen und habe nach diesem verdammten Rohr gesucht, wobei ich Soldaten und Panzer bekämpfen mußte, die von allen Seiten herbeiströmten. Sie stürzten sich in Wellen auf mich. Es war echt unglaublich. Ich hatte in der Linken eine Maschinenpistole und in der Rechten einen Baseballschläger und mähte sie scharenweise nieder.

›O nein. Es ist Tank Girl!‹ schrien sie. ›Mit der werden wir nicht fertig. Fordert Verstärkung an.‹

Bei all den Explosionen, dem Rauch und Feuer überall konnte man kaum noch etwas sehen, und vielleicht hätte ich das Wasserrohr, in dem Little Wee Sam steckte, nie gefunden, wäre ich in diesem Augenblick nicht förmlich über Kesslee gestolpert, der an einer Wand stand, das Gesicht wie in Granit gemeißelt und ein kaltes Glitzern in den Augen. Er trug seinen neuen Cyberarm mit den Sägeblättern. Eine schreckliche Waffe. Muß schwierig gewesen sein, damit aufs Klo zu gehen. Vielleicht hatte er einen bezahlten Angestellten, der ihm dabei half.

›Mach dein Testament, Matschgesicht‹, brüllte ich und zog ihm eins mit dem Baseballschläger über. Der Schlag hätte ihm den Schädel gespalten, wenn er sich nicht als Hologramm entpuppt hätte. Mein Baseballschläger sirrte hindurch, und ich war ziemlich perplex. Hinter mir erschien ein zweiter Kesslee. Der echte oder wieder ein

Hologramm? Es gab nur einen Weg, das herauszufinden. Ich hieb ihm den Baseballschläger über die Rübe. Es war wieder ein Hologramm.

›Kesslee, du feiges Stück Dreck, komm raus und kämpfe‹, schrie ich frustriert. Ich war gekommen, um Kesslee zu töten, Water and Power zu stürzen und eine völlig neue Weltordnung zu schaffen und nicht, um in einer Lighshow rumzuhüpfen. Auf einem Balkon erschien ein weiterer Kesslee. Ich kletterte hinauf, um ihn zu pulverisieren, aber er flackerte nur und verschwand, und ich blieb allein zurück, wieder mal frustriert und wütend. Schließlich erschien noch ein Kesslee, diesmal unten, und blickte zum Balkon hinauf.

›O Julia‹, sagte er. Ich habe keine Ahnung, warum er das sagte. Ich schätze, er hatte einfach meinen Namen vergessen.

›Kesslee‹, brüllte ich. ›Du hast nicht mehr Hirn und Mut als Plankton. Hör auf, mit diesen Hologrammen herumzuspielen und stell dich zum Kampf.‹

›Warum sollte ich kämpfen?‹ fragte er. ›Ich habe bereits gewonnen. Denn siehst du, Tank Girl, ich habe die ganze Zeit mit dir gespielt.‹

›Niemand spielt mit Tank Girl‹, brüllte ich zurück. ›Abgesehen von mir selbst natürlich.‹

›Ich habe dies von langer Hand vorbereitet‹, sagte er, ziemlich ruhig dafür, daß um uns herum ein erbitterter Kampf wütete. ›Ich wußte, daß du kommen würdest. Ich habe nämlich während der vergangenen zwei Monate jedes Wort mitgehört, das du von dir gegeben hast. Als du das letzte Mal bei uns warst, haben wir dir in eine Sommersprosse am Arm eine Wanze eingebaut.‹«

Also«, sagt Tank Girl und wirft einen Blick in die Runde, »da war ich echt sprachlos. Wo soll das hinführen, wenn man sich nicht mal mehr auf seine Sommersprossen verlassen kann? Ich meine, in den vergangenen zwei Monaten mußte ich jede Menge Unterhaltungen geführt haben, bei denen es mir nicht recht war, daß Kesslee sie mithörte. Oder sonst ein Fremder. Ihr wißt schon – wichtige Schlachtpläne, Strategien, Versuche, bei Booga etwas Geld für eine Dose Bier zu borgen. Und dann war da noch mein Sexleben. Ich gehöre nicht zu den Frauen, die im Bett stumm sind wie die Fische, versteht ihr. Die Nachbarn beschweren sich häufig, aber ich halte nun mal nicht hinter dem Berg mit dem, was ich will. Der Gedanke, daß Kesslee und seine Handlanger das alles mitangehört hatten, kotzte mich an.

›Soll das heißen, du hast das alles nur eingefädelt, um mich beim Ficken zu belauschen?‹ habe ich ihn gefragt.

›Nein, Tank Girl. Wie du fickst, interessiert mich nicht. Ich hab' das eingefädelt, damit du mir die Ripper bringst. Das spart mir die Mühe, sie zu suchen. Du bist mir in die Falle gegangen. Wenn wir dich und die Ripper ausradiert haben, gehören die Blauen Dünen mir. Dann werde ich den ganzen Kontinent beherrschen – dank deiner Hilfe.

›Hilfe, Hilfe, das Wasser reicht mir schon bis zur Nase‹, hörte ich über den Lärm hinweg Sam rufen.

›Schade‹, sagte Kesslee höhnisch. ›Sieht so aus, als würde Sam es nicht schaffen.‹«

Tank Girl schlägt mit der Faust auf den Tisch, an dem das Spiel fortgesetzt wird. Da wir nur noch zu dritt sind, hat sich das Tempo entsprechend erhöht.

»Ich war stinksauer. Ich meine wirklich in Rage. Wenn es eins gibt, was ich nicht ausstehen kann, dann ist es, von Mächten manipuliert zu werden, die sich meiner Kontrolle entziehen. Was glaubte dieser Irre denn, wer er war, mir eine Wanze in meine Sommersprossen einzubauen und meine kleine Freundin in ein Wasserrohr zu stecken? Völlig unzivilisiertes Benehmen. Also, ich bin schon oft für meine Brutalität kritisiert worden, aber bestimmt hätte keiner etwas dagegen, wenn ich diesen Kerl in seine Einzelteile zerlegte. Und genau das hatte ich vor.

Ich sprang über die Balkonbrüstung und ging mit dem Baseballschläger auf ihn los. Zu meiner Erleichterung hatte ich diesmal den echten Kesslee vor mir, ich hatte nämlich genug von den Hologrammen. Allerdings war es schwieriger, als ich es mir vorgestellt hatte. Sein Cyberarm war geschickt konstruiert, und jedesmal, wenn ich nach ihm schlug, blockte er den Schlag mit einer der Klingen ab und sägte ein Stück von meinem Schläger ab, bis ich nur noch einen kleinen Holzstumpf in der Hand hielt. Leider hatte ich die Maschinenpistole auf dem Balkon vergessen.

Kesslee lachte und sagte, daß er sich schon lange auf diesen Augenblick gefreut hätte. Er schaltete die Sägeblätter an seinem Arm auf Höchstgeschwindigkeit, zitierte ein paar öde Verse aus irgendeinem Gedicht und stürzte sich auf mich. Wir rangen erbittert miteinander, und er versuchte, mich mit seinem Cyberarm in Stücke zu schneiden, während ich versuchte, ihm mit allem, was ich in die Finger kriegte, den Schädel einzuschlagen. Wir kämpften uns vor und zurück, die Flure entlang und Treppen rauf und runter, während um uns herum Chaos herrschte. Die Ripper lieferten sich eine blutige Schlacht mit den Soldaten, und überall flogen Kugeln und Plasmastrahlen herum.

Kesslee war ein guter Kämpfer, aber ich erwischte ihn dennoch ein paarmal und lag einige Punkte vorn, als mich das Glück verließ. Ich rutschte auf irgend etwas aus

– Kartoffelschalen aus der Kantine, glaube ich, aber beschwören kann ich es nicht – und fiel Kesslee vor die Füße, wobei ich mir ziemlich schmerzhaft den Kopf stieß. ›Autsch!‹ rief ich. Kesslee trat mich, während ich am Boden lag, und ich rollte in den Gang, der zwei Gebäude miteinander verband und von Stahlseilen getragen wurde. Kesslee durchtrennte das eine mühelos mit seinem Cyberarm. Der Gang begann zu schwanken, und ich klammerte mich an diesen schwankenden Haufen Metall, während Kesslee das nächste Kabel anvisierte. Wenn er es durchtrennte, würde ich in den Tod stürzen. Ich hatte nur noch Sekunden zu leben. Eine brenzlige Situation, ganz klar. Und dann . . .«

Alle hörten ihr gespannt zu.

»Schnapp«, sagt sie und gewinnt die Runde.

Ich bin wütend. Stinksauer. Ich hätte es eigentlich besser wissen müssen.

Ich trinke mein Bier. Ein schwieriges Unterfangen, das herkulische Anstrengungen erfordert. Beinahe kommt es mir vor, als würde das Bier sich dagegen wehren, getrunken zu werden. Ich habe in den vergangenen dreiundvierzig Stunden mehr Bier getrunken als menschenmöglich. Ich muß einen ganzen Tanker voll im Bauch haben. Sub Girl leert ihr Glas, und zum erstenmal scheint es, als wäre ihr nicht ganz wohl. Ich sage mir gerade, daß ich nicht mehr lange durchhalten werde, als Big Mary – immer noch schwer bewaffnet – an den Tisch kommt und eine Pause ankündigt.

Sub Girl steht langsam auf und verläßt mit unsicheren Schritten den Tisch. Ich erhebe mich sogar noch langsamer und versuche, mich zu erinnern, wo ich bin, was ich tue und wo die Toilette ist. Tank Girl schlägt Magdalen auf die Schulter und fordert sie auf, ihr ein Bier zu spendieren, da sie ihres bereits ausgetrunken habe und einen Durst verspüre.

Ich sitze in Big Mary's Bar and Grill auf dem Fußboden. Wo genau ich auf dem Fußboden sitze, weiß ich nicht. Ich bin am Ende. Das Spiel geht jeden Moment weiter, aber ich weiß, daß ich nicht in der Lage sein werde, wieder aufzustehen. Ich habe verloren.

Der Trader kennt keine Niederlagen, sage ich mir, und unternehme entschlossen den Versuch, wieder auf die Beine zu kommen. Nichts passiert. Ich kann mich nicht rühren.

Der Trader ist besiegt worden, sage ich mir und gebe alle Hoffnung auf.

Ootsie kommt zu mir und setzt sich neben mich. Großartig. Das hat mir gerade noch gefehlt. Der liebeskranke Ninja ist gekommen, mir mit seinem verliebten Unsinn den Rest zu geben.

»Trader, ich halte das nicht aus. Ich bin schrecklich verliebt in Sub Girl, aber sie nimmt mich nicht einmal wahr.«

Ich bewundere ihre Willenskraft.

»Gib es auf, Ootsie. Es ist hoffnungslos.«

»Warum?«

»Weil du ein netter Kerl bist und sie eine Nervensäge ohne jegliche menschlichen Gefühle.«

Ootsie macht ein gekränktes Gesicht. Leider geht er nicht. Er leugnet, daß Sub Girl keine Gefühle hat.

»Sie sind nur tief in ihrem Inneren begraben. Ich bin sicher, daß ich sie an die Oberfläche holen könnte, wenn wir gemeinsam in ihrem U-Boot Urlaub machen.«

Er möchte in ihrem U-Boot eine Urlaubsreise machen. Ich schüttle den Kopf.

»Ootsie. Fällt dir an mir irgend etwas auf? Beispielsweise, daß ich hier sitze und völlig unfähig bin, mich zu bewegen, während ich eigentlich wieder am Spieltisch sein sollte? Ich bin ziemlich angeschlagen, und wenn ZugZug mich in die Finger kriegt, wird es noch schlimmer. Warum langweilst du mich unter diesen unerfreulichen Umständen mit deinen blöden Liebesproblemen?«

»Ich habe sonst niemanden, mit dem ich reden könnte«, entgegnet Ootsie traurig. »Du mußt mir helfen, Trader. Eldrich San will uns alle in ein Trainingslager am anderen Ende des Kontinents mitnehmen, und Sub Girl wird in ihrem U-Boot davonfahren, und ich sehe sie vielleicht nie wieder. Ich bin verzweifelt.«

Ich versuche, Ootsie dazu zu bringen, mich in meinem Elend allein zu lassen.

»Kauf ihr ein hübsches Geschenk«, schlage ich vor.

Die Idee scheint ihm zu gefallen.

»Ein Geschenk! Natürlich! Das ist es! Und was soll ich ihr schenken?«

Ich denke eine Weile darüber nach.

»Wie wäre es mit der Statue einer Meerjungfrau? Müßte ihr doch gefallen. Sie wäre dir so dankbar, daß sie dir in die Arme sinken würde.«

»Und wo soll ich die Statue einer Meerjungfrau hernehmen?«

»Also, durch einen unglaublichen Zufall habe ich eine bei mir. Ich überlasse sie dir für nur einhundert Zoobies.«

»Gekauft!« ruft er.

Wieder hat der Trader zugeschlagen. Es gibt wirklich keine Lebenslage, in der ich nicht ein profitträchtiges Geschäft abschließe.

Ootsie eilt davon, um das Geld zu holen. Ich weiß zwar nicht, wo er hundert Zoobies auftreiben will, aber die Macht der Liebe ist etwas Bemerkenswertes, und wenig später kehrt er mit einem kleinen Geldbeutel zurück. Nichts regt meine Lebensgeister so an wie ein gutes Geschäft, und ich verspüre einen leichten Energieschub.

»Die Statue gehört dir. Und jetzt hilf mir zurück an den Tisch, und ich verspreche, ein gutes Wort für dich einzulegen.«

Ootsie muß mich praktisch an den Tisch tragen. Er setzt mich auf meinen Stuhl. Meine Sicht ist ziemlich getrübt. Tank Girl findet meinen Zustand köstlich und macht sich lang und breit über mich lustig, aber ich registriere vage, daß es Sub Girl nicht viel besser zu gehen scheint als mir. Sie schwankt auf ihrem Stuhl und hat einige Mühe, die Karten zu mischen. Sie fallen ihr aus der Hand, und es folgt eine pantomimische Darstellung, als sie versucht, sie vom Boden aufzuheben. Schließlich kommt der aufmerksame Ootsie ihr zu Hilfe, und sie fängt an, die Karten langsam auszuteilen.

»Mir scheint, der Gewinner steht fest«, sagt Tank Girl. Sie leert einen Krug mit Bier und Palmwodka und greift nach dem nächsten. Das haut mich um. Diese Frau ist einfach unmenschlich. Hat ihr Fassungsvermögen denn überhaupt keine Grenzen? Ich sehe gesundheitliche Probleme für sie voraus.

KAPITEL 27

Unerwartet kehrt Jet Girl an den Tisch zurück. Da sie nach der inzwischen berühmten Tanzeinlage auf dem Tisch bewußtlos wurde, ist sie draußen, aber jetzt, wo sie wieder wach ist, will sie sich nicht entgehen lassen, wie der Wettbewerb ausgeht. Ihre Energie beeindruckt mich. Ich weiß, daß ich mindestens eine Woche im Koma liegen werde, wenn ich schließlich umfalle. Mining Jim, Wanda Gun Dealer, der Professor, die Känguruhs und diverse andere Wettbewerbsteilnehmer, die schon viel früher umgekippt sind, liegen immer noch besinnungslos in Ecken und unter Tischen herum.

Der Kartentisch ist nun von einer Traube von Zuschauern umgeben, die alle um einen guten Platz rangeln, um zu sehen, wie der diesjährige Wettbewerb ausgehen wird. Wasteland Ninjas stehen dicht gedrängt mit Post Apocalypse Biker Boys zusammen, die über die Schultern von Shaolin Queens und Post Apocalypse Biker Girls linsen. Minenarbeiter, Händler, Herumtreiber, Nomaden, Säufer, Spieler und Musiker drängen nach vorn und geben lauthals Kommentare von sich, während sie bei ZugZug und ihren Helfern Wetten abschließen. Sogar die vier Zwerge bahnen sich einen Weg an den Tisch, um zuzusehen. Alvins Band oben auf der Bühne hat auf den Verstärkern Stellung bezogen, um über die Köpfe der anderen hinwegsehen zu können.

Die Farben der verschiedenen Gangs, die Spiegelsplitter und roten Haarknoten der Shaolin Queens, die grünen Kopfputze und die grüne Kriegsbemalung der Biker Girls, die schäbigen Jeans und gelben Kopftücher der

Biker Boys, das blaue Haar und die schwarzen Umhänge der Ninjas, die gelb-orangefarbenen Kutten der Children of the Temple of the Sun, das alles vermischt sich zu der buntesten Menschenansammlung, die Big Mary's Bar and Grill je gesehen hat. Die Farben heben sich leuchtend vom blauen Dunst ab, durch den in Abständen die weißgekleidete Big Mary und ihre Bedienungen mit Tabletts voller Bier erscheinen und Befehle brüllen. Beinahe jeder scheint betrunken oder bekifft zu sein. Alle haben ihren Spaß, und sogar die bittersten Rivalitäten zwischen den Gangs scheinen für eine Weile vergessen, während der Wettbewerb sich seinem Höhepunkt nähert.

Die gestrenge Loretta Dragon Slayer ist nirgends zu sehen. Zweifellos mißbilligt sie Frivolitäten. Und was John the Brute, den Banditenkönig der Red Mountains, anbelangt, so habe ich ihn das letzte Mal gesehen, wie er am anderen Ende der Bar in eine Rumflasche starrte. Er wird Tank Girls Triumph nicht mit ansehen wollen, und der wird nicht mehr lange auf sich warten lassen. Das scheinen jedenfalls die meisten Schaulustigen zu glauben. Es werden nur noch wenige Wetten auf Sub Girl abgeschlossen und noch weniger auf mich.

»Habe ich mich daneben benommen?« fragt Jet Girl betreten.

»Und wie«, entgegnet Tank Girl. »Filmreif. Möglicherweise hast du einen neuen Weltrekord aufgestellt. Man wird sich bis in alle Ewigkeit davon erzählen. ›Das ist Jet Girl‹, werden die Leute sagen. ›Die, die ausgeflippt ist und sich beim Kartenspielen aufgeführt hat wie eine Geisteskranke.‹«

Jet Girl blickt düster drein.

»Vielleicht verblaßt die Erinnerung ja mit der Zeit«, fügt Tank Girl gut gelaunt hinzu. »Aber Gott sei Dank haben wir alles auf Video. Hey, Sub Girl, gib endlich. Die Warterei geht mir auf den Senkel.«

Sub Girl hat immer noch Schwierigkeiten, die Karten unter Kontrolle zu bekommen. Tank Girl trommelt ungeduldig mit den Fingern auf die Tischplatte.

»Jet Girl, warum erzählst du uns nicht, was du und die Ripper gemacht habt, als wir das Hauptquartier von Water and Power gestürmt haben? Du könntest ein paar Einzelheiten hinzufügen. Damit die anderen sich ein Bild machen können, verstehst du. Ich möchte nicht den Eindruck erwecken, ich wäre der einzige Held des Tages gewesen. Natürlich habe ich den schwierigen Part allein übernommen, und ihr wart zu neunt, also war mein Anteil am Geschehen wohl schon der bemerkenswertere. Erzähl uns trotzdem, was ihr gemacht habt, während ich mit Kesslee beschäftigt war.«

Jet Girl scheint angenehm überrascht.

»Du willst tatsächlich, daß ich eine Geschichte erzähle?«

»Klar«, entgegnet Tank Girl.

»Sonst läßt du mich nie zu Wort kommen.«

»Jetzt ist deine Chance, Jet Girl. Die Bühne gehört dir.«

Jet Girls langes dunkles Haar hängt ihr ins Gesicht. Sie streicht es mit den Fingern zurück und überlegt einige Sekunden.

»Nachdem wir im Hangar angekommen waren, war alles ruhig. Zu ruhig, wenn du mich fragst . . .«

»Was soll das heißen, ›zu ruhig‹?« will Tank Girl wissen. »Wie kann es denn ›zu ruhig‹ sein?«

»Nun, ich meine, es war schon ein wenig verdächtig, daß es so ruhig war.«

»Für mich klingt das irgendwie unklar«, sagt Tank Girl. »Entweder war es ruhig oder es war nicht ruhig. Ich verstehe nicht, wie es zu ruhig gewesen sein soll. Zu ruhig wofür?«

Jet Girl ist verärgert.

»Hör mal, soll ich diese Geschichte jetzt erzählen oder nicht?«

»Klar sollst du. Du sollst nur auf den Punkt kommen, das ist alles.«

»Ich tue, was ich kann.«

Jet Girl tut mir leid. Es muß die Hölle sein, mit Tank Girl befreundet zu sein. Sie erzählt weiter.

»Ich sagte den Rippern, sie sollten sich verteilen und darauf gefaßt sein, daß es Ärger gibt. Im Hangar war es sehr dunkel. Wir wollten unsere Gefechtspositionen einnehmen und glaubten, das Überraschungselement wäre auf unserer Seite . . .«

»Das was?« fragt Tank Girl dazwischen.

»Das Überraschungselement.«

»Was heißt das? Was ist ein Überraschungselement?«

»Du weißt, was das heißt.«

»Nein, weiß ich nicht.«

»Das ist ein geläufiger Ausdruck.«

»Mir ist er nicht geläufig«, erklärt Tank Girl. »Ich habe dieses Wort noch nie zuvor gehört. Du mußt es dir ausgedacht haben. Es hat überhaupt keine Bedeutung. Wie kann Überraschung ein Element haben? Wie kann Überraschung überhaupt irgend etwas haben? Du redest Nonsens, Jet Girl.«

Jet Girl sieht sich hilfesuchend um, aber vergeblich. Ich schätze, genaugenommen ist es tatsächlich ein eigenartiger Ausdruck. Aber ich bin betrunken und kann das im Augenblick nicht richtig beurteilen. Für literarische Fragen ist der Professor zuständig, aber der liegt noch im Koma.

Jet Girl wird nun richtig böse.

»Was ist los mit dir, Tank Girl?« Erst forderst du mich auf, die Geschichte zu erzählen, und dann unterbrichst du mich andauernd.«

»Nur weil du ständig mit unwichtigem Quatsch daherkommst. Komm einfach auf den Punkt. Keiner will hören, daß das Überraschungselement zu ruhig gewesen ist und so 'n Zeug. Völliger Schwachsinn, wenn du mich fragst. Du langweilst die Zuhörer. Erzähl die Geschichte ganz einfach so, wie sie passiert ist.«

Aber Jet Girl schmollt und weigert sich, weiterzuerzählen.

»Kein Wunder, daß ich dich nie irgendwelche Geschichten erzählen lasse«, sagt Tank Girl und läßt, um ihren Worten Nachdruck zu verleihen, die Handfläche auf den Tisch niedersausen. »Du bist zu schnell eingeschnappt. Erst fängst du an, und dann hörst du mitten drin auf. Aber du hast es mir ja oft genug erzählt. Ich werde erzählen, wie es war. Hör gut zu, damit du lernst, wie man eine Geschichte richtig erzählt.

Subby, sag mal, glaubst du, du schaffst es, diese Karten irgendwann mal auszuteilen? Gib endlich, oder du scheidest aus. Komm schon, ich sitze jetzt seit vierundvierzig Stunden hier rum, und mein Hintern fängt an zu protestieren. Es ist höchste Zeit, daß dieses Spiel aufhört und wir rauskommen. Gib die Karten, Sub Girl.«

KAPITEL 28

Sub Girl schafft es endlich, die Karten zu geben. Ich gewinne die Runde rasch, indem ich schwungvoll eine Kreuzdrei nach einer Herzdrei spiele. Grid der Barmann schenkt die nächste Runde ein, die Tank Girl und Sub Girl jetzt leeren müssen. Sub Girl ist in Schwierigkeiten. Die heimlichen Palmwodka-Infusionen machen sie fertig. Leider gibt es noch kein Anzeichen dafür, daß der Schnaps auch bei Tank Girl wirkt, aber das kann nicht mehr lange dauern. Ich muß nur lange genug durchhalten.

Tank Girl leert ihr Glas wie gewöhnlich in einem gierigen Zug, bevor sie die Karten an sich nimmt, mischt und austeilt, während sie die Geschichte dort weitererzählt, wo Jet Girl aufgegeben hat.

»Jet Girl und acht wilde Känguruhs befanden sich also in dem dunklen Hangar und wartet darauf, daß die Schlacht begann. Sobald mein Panzer den Zaun durchbrach, wollten sie in Aktion treten und den Feind niedermachen. Sie waren nur zu neunt gegen eine ganze Armee, aber ihr dürft nicht vergessen, daß die Ripper ziemlich harte Burschen waren und außerdem über diese praktischen Rüstungen verfügten. Außerdem ist Jet Girl trotz ihrer vielen Fehler ein guter Kämpfer.«

»Herzlichen Dank«, sagt Jet Girl.

»Gern geschehen. Gleich zu Anfang ging alles schief. Kesslee hatte sie erwartet, und seine Truppen lagen auf der Lauer. Als sie noch durch den Hangar schlichen, ging plötzlich ein Licht an, und sie standen wie die Zielscheiben ohne Deckung da. Soldaten erschienen auf sämtlichen Montagetürmen und nahmen sie mit ihren Gewehren unter Beschuß. Jet Girl und die Känguruhs konnten sich vorübergehend hinter einige alte Ölfässer flüchten, aber die Lage war brenzlig.

›Das Licht! Das Licht!‹ schrien sie alle. ›Jemand soll das Licht ausmachen!‹ Und an diesem Punkt fand die erste Heldentat eines Känguruhs statt. Veetee, ein tapferes, starkes und unerschrockenes Känguruh rannte, selbstlos und mutig durch den Hangar und zerstörte den Sicherungskasten. Leider wurde er bei dieser Aktion zerfetzt. Armer Veetee. Er war nur ein einfaches Känguruh, und ich habe ihn nicht besonders gut gekannt, ich meine, ich glaube, er hat mir nie einen ausgegeben oder so was, aber es war eine heldenhafte Tat, die gewürdigt wird, wann immer zwei oder mehr Känguruhs beisammen sind und über alte Zeiten reden. Sein Name wird nie in Vergessenheit geraten. Guter alter Veetee.«

»Eigentlich war sein Name Deetee«, bemerkt Jet Girl.

»Nein, das stimmt nicht, er hieß Veetee.«

»Deetee.«

»Veetee.«

»Und ich sage, er hieß Deetee«, beharrt Jet Girl.

Tank Girl zuckt die Achseln.

»Dann eben Deetee, wenn du es denn unbedingt so haben willst. Wen zum Teufel interessiert denn, wie er geheißen hat? Der Punkt ist, daß man ihn nie vergessen wird. Und jetzt hör auf, mich zu unterbrechen. Ich versuche nur zu erklären, daß die restlichen Känguruhs sehr wütend waren über seinen Tod. Sie haben nicht rumgestanden und darüber diskutiert, wie er geheißen hat; sie vergossen nur ein paar männliche Känguruhtränen, griffen dann im Schutz der Dunkelheit an und machten den Soldaten die Hölle heiß.

Es war eine unglaubliche Schlacht. Schwadronen von Truppen rannten feuernd durch den riesigen Hangar, mußten jedoch bald feststellen, daß der Feind nicht mehr dort war, wo sie ihn vermuteten, sondern jetzt von hinten angriff. Die Ripper, die der Tod Veetees so richtig in Rage gebracht hatte, kämpften wie die Berserker und gewannen schon bald die Oberhand. Die Soldaten traten den Rückzug an und ließen die übel zugerichteten Leichen ihrer Kameraden auf dem Schlachtfeld zurück.

›Vorwärts!‹ schrie Jet Girl und führte sie aus dem Hangar in die Kaserne, wo die Truppen konzentriert sind.«

Tank Girl verstummt. Sie sieht sich ein wenig verwirrt um, als wäre ihr plötzlich etwas Eigenartiges aufgefallen. Sie starrt argwöhnisch auf ihr leeres Glas, hebt es hoch und riecht daran.

»Komisches Bier«, brummt sie und läßt neugierig den Blick umherschweifen. Da ich damit beschäftigt bin, mich auf meine Karten zu konzentrieren, begegne ich ihrem Blick nicht.

Sie runzelt die Stirn und fährt fort zu erzählen.

Derweil nimmt das Spieltempo immer mehr zu. Tank Girl gewinnt immer noch, und meine Position ist immer noch die schwächste, aber Sub Girl fängt an, stark zurückzufallen. Sie kann nicht mehr klar sehen und gewinnt keine einzige Runde mehr, und der Geldhaufen vor ihr wird Spiel für Spiel kleiner.

»Jet Girl führte die Ripper aus dem Hangar hinaus auf die Basis, als mein Panzer gerade den Außenzaun durchbrach. Zwischen zwei Fronten gerieten die Truppen von Water and Power in Panik, erst recht, als sie hörten, daß das gefürchtete Tank Girl gekommen war, an ihren ehemaligen Folterern Rache zu üben.«

Tank Girl ist so zufrieden mit dieser Formulierung, daß sie den Satz noch einmal wiederholt.

»Jawohl, gekommen war, an ihren ehemaligen Folterern Rache zu üben. Und während ich damit beschäftigt war, Rache zu üben, mähten Jet Girl und die Ripper die Soldaten nieder wie nichts. Glücklicherweise waren die meisten großen Geschütze nach außen gerichtet, da sie nie erwartet hatten, auf so raffinierte Weise infiltriert zu werden. Während sie versuchten, die Geschütze zu wenden und bei ihren Panzern den Rückwärtsgang einlegten, machten Jet Girl und die Ripper sie nieder. Die Ripper waren in diesen Tagen wirklich gute Kämpfer. Ich weiß, daß es schwerfällt, das zu glauben, wenn man sie sabbernd und schnarchend in einem betrunkenen Haufen dort liegen sieht, aber sie haben in den vergangenen Jahren schwer nachgelassen. Zu viele Saufgelage und Parties. Und natürlich bekommen sie auch keine Batterien mehr für ihre Superheldenrüstung. Aber damals waren sie harte Burschen.

Sie haben die gesamte Basis auseinandergenommen, einschließlich des Verwaltungstraktes, der Sergeant Smalls Obrigkeit unterstand – die Witze über Sergeant Small und seinen Schwanz habe ich noch nicht erzählt, oder? Egal. Man munkelte eben, daß er einen superkleinen hat. Jedenfalls war das der Zeitpunkt, an dem die Sache ein bißchen aus dem Ruder lief. Jemand hatte sich verkalkuliert.«

»Du, um genau zu sein«, sagt Jet Girl.

»Ich *wußte*, daß du das sagen würdest«, entgegnet Tank Girl.

»Stimmt doch auch.«

»Darum geht es nicht. Ein General muß sich zuweilen auf Informationen seines Geheimdienstes verlassen. Daß

Donner uns mit seinem Scanner einen Haufen Fehlinformationen geliefert hatte, war doch nicht meine Schuld. War das Ding, das er da hatte, ein echter Radarschirm? Damit hat er bestimmt nur Videos von den Simpsons geguckt. Aber egal, wessen Schuld das war, jedenfalls hatte sich eine Fehlkalkulation eingeschlichen. Die Kaserne war größer, als wir angenommen hatten. Nachdem Jet Girl und die Ripper die Truppen eines ganzen Traktes ausradiert hatten, stellte sich heraus, daß es noch einige Sektionen gab, mit denen wir nicht gerechnet hatten. Tausende Soldaten rückten zusätzlich an, mit Panzern und mobilen Geschützen, und es sah ziemlich schlecht für uns aus. Jet Girl und die Känguruhs saßen in der Falle.«

Ich gewinne das Blatt. Tank Girl und Sub Girl trinken. Sub Girl schließt die Augen und gleitet langsam von ihrem Stuhl. Ootsie fängt sie auf und verhindert, daß sie auf dem Boden aufschlägt. Auch eine Art, seine Angebetete in die Arme zu schließen, sag' ich mal. Hierauf erhebt sich lautes Geschrei unter den Zuschauern.

»Sub Girl ist draußen. Sie ist umgekippt! Jetzt sind nur noch Tank Girl und der Trader übrig!«

Tank Girl lacht über Sub Girls Ausscheiden und sieht belustigt zu, wie Ootsie und Jet Girl sie vorsichtig forttragen.

»Arme alte Subby. War wohl doch zu viel für sie. Jetzt sind nur noch wir beide übrig, Trader. Möge die beste Frau gewinnen.«

»Oder der beste Mann«, kontere ich.

»Mach dich nicht lächerlich«, sagt Tank Girl.

KAPITEL 29

Während der kurzen Pause, die bei Sub Girls Ausscheiden entsteht, schlängelt Bitsy sich durch die Menge und zwängt sich neben mich.

»Trader«, sagt er eifrig. »Wer ist diese Göttin mit dem grünen Federschmuck?«

Ich stöhne.

»Bitsy, du hast dich doch nicht etwa schon wieder verliebt? Vor fünf Minuten warst du doch noch in Tank Girl verliebt.«

Bitsy knurrt unwillig.

»Nenn bitte den Namen dieser verabscheuenswerten Kreatur nicht in einem Zug mit diesem Engel mit grüner Kriegsbemalung. Wer ist sie?«

»Iris Grim.«

Bitsy ist entzückt.

»Iris Grim? Was für ein schöner Name. Das klingt wie das leise Plätschern eines Baches, der sich durch eine Wiese schlängelt.«

In Anbetracht der Tatsache, daß Iris Grim gewöhnlich mit einer abgesägten Schrotflinte und einem Sechserpack Bier auf einem riesigen Motorrad herumrast, finde ich diese Metapher nicht unbedingt passend, sage aber nichts.

»Bitsy, verlieb dich nicht in Iris Grim. Sie wird dich nur noch unglücklicher machen. Warum mußt du dich auch ständig in die falschen Frauen verknallen?«

Bitsy schaut unglücklich drein.

»Ich ›verknalle‹ mich überhaupt nicht. Mag sein, daß ich vorher so etwas wie kindische Verliebtheit für die eine oder andere empfunden habe, aber diesmal ist es mir ernst. Ich liebe sie. Sieh dir nur ihren Kopfputz an. Ist er nicht wundervoll?«

Und damit macht er sich davon und verschwindet in Richtung der Post Apocalypse Biker Girls.

Tank Girl klagt, daß ihr langweilig sei.

»Dann hör doch auf, deine Lebensgeschichte zu erzählen«, schlage ich vor.

Sie flucht.

»Ich meinte, daß das Spiel mich langweilt, Trader. Und es langweilt mich, neben dir zu sitzen. Sechsundvierzig Stunden in deiner Gesellschaft dürfen für jeden mehr als genug sein. Wie wär's, wenn wir den Einsatz erhöhen und es hinter uns bringen?«

Ich bin immer noch völlig benebelt vom Alkohol und so müde, daß ich nicht in der Lage bin, mir darüber klarzuwerden, ob das nun zu meinem Vorteil wäre oder nicht. Tank Girl hat einen großen Haufen Geld vor sich liegen, weit größer als meiner. Andererseits könnte ich die Gelegenheit bekommen, rascher aufzuholen, wenn wir die Einsätze erhöhen. Oder ich verliere alles innerhalb der nächsten paar Runden.

Gewöhnlich bin ich ein vorsichtiger Mensch. Beharrlichkeit ist meine Stärke. Andererseits ist mir sehr wohl bewußt, daß mit jeder Minute, die ich hier in Big Mary's Bar and Grill sitze, die Wahrscheinlichkeit wächst, daß jeder, dem ich die Venus von Milo verkauft habe, von den anderen Käufern erfährt und es einen Riesenstunk gibt. Für den Fall, daß ich blitzschnell nach draußen und in meinen umgerüsteten Big Trader Truck verschwinden muß, möchte ich vorher zumindest das Spiel beendet haben. Auch bin ich immer noch guter Hoffnung, daß der Palmwodka Tank Girl doch noch umhaut. Immerhin hat er auch Sub Girl recht schnell den Garaus gemacht. Gerade gähnt Tank Girl. Tatsächlich sieht sie plötzlich ziemlich fertig aus. Ihre Augen scheinen in ihren Höhlen zu rotieren. Ich glaube, sie macht es nicht mehr lange. Ich stimme zu, die Einsätze zu erhöhen.

Tank Girl grinst, sofort hellwach.

»Gut, Blödmann. Dann los. Du bist dran mit Geben.«

Ich versuche, die Karten zu mischen, aber es fällt mir beinahe ebenso schwer wie zuvor Sub Girl. Meine Finger fühlen sich an wie Bananen. Ein paar Karten segeln zu Boden. Da ich keinen verliebten Helfer wie Ootsie habe, brauche ich eine Ewigkeit, die Karten unter dem Tisch wieder einzusammeln. Als ich wieder hochkomme, stoße ich mir den Kopf an der Tischkante, und ein paar Sekunden wird mir schwarz vor Augen. Ich stöhne.

»Gute Nummer, du Clown«, bemerkt Tank Girl mitleidslos. »Und jetzt mach voran.«

»Komm schon, Trader, konzentrier dich«, sagt eine ermutigende Stimme an meiner Seite. Es ist der Professor. Er ist wieder zu sich gekommen und an den Tisch zurückgekehrt. Gut. Die Anwesenheit des mir freundlich gesinnten Professors gibt mir Auftrieb, auch wenn er selbst noch ziemlich mitgenommen aussieht.

Ich gebe. Tank Girl setzt ihre Erzählung fort.

»Jet Girl und die Ripper saßen also inmitten einer riesigen Armee in der Falle. Und, wenn ihr euch erinnert, ich hing in der Zwischenzeit an einer schwankenden Brücke.«

»Pons asinorum«, murmelt der Professor.

»Wie bitte?« fragt Tank Girl.

»Nichts«, entgegnet der Professor, und das ist auch gut so, denn wie er mir später erklärt, war das Lateinisch für Eselsbrücke.

»Wie ich also sagte, klammerte ich mich verzweifelt an

die Brücke, während Kesslee sich daran machte, das letzte Kabel durchzusägen, damit ich Hunderte von Metern tief in den Tod stürzte.«

»Es waren keine Hunderte von Metern«, bemerkt Jet Girl spöttisch.

»Woher zum Teufel willst du das wissen?« fragt Tank Girl pikiert. »Du warst doch nicht dabei.«

»Der Verwaltungstrakt war nur drei Stockwerke hoch«, entgegnet Jet Girl.

»Jet, würdest du verdammt noch mal das Maul halten? Hör endlich auf, mich ständig zu unterbrechen. Manchmal kannst du einem wirklich auf die Nerven gehen. Okay, es waren keine Hunderte von Metern, es waren nur drei Stockwerke. Aber drei hohe Stockwerke. Es war ein ganz schön langer Weg bis nach unten, das könnt ihr mir glauben. Oder meint ihr, es wäre lustig, drei Stockwerke tief auf Beton zu knallen?«

»Ich möchte nur, daß du die Geschichte auch korrekt erzählst«, sagt Jet Girl.

Tank Girl wirft ihr einen mörderischen Blick zu. Pech für Tank Girl, daß sie in diesem Augenblick einen König auf einen König spielt, und ich ›Schnapp‹ rufe. Tank Girl richtet ihren vernichtenden Blick kurz auf mich, bevor sie sich wieder Jet Girl zuwendet.

»Siehst du, was du angerichtet hast! Deinetwegen habe ich diese Runde verloren! Wie soll ich mich denn konzentrieren, wenn du mir ständig widersprichst und wegen unwichtiger Kleinigkeiten einen solchen Aufstand machst? Halt jetzt bitte die Klappe, während ich meine Geschichte erzähle und den Trader besiege. Wirklich, Jet Girl. Nach allem, was ich für dich getan habe, die unzähligen Male, die ich dir das Leben gerettet habe, ganz zu schweigen davon, wie ich dir über persönliche Krisen hinweggeholfen und dir das Trinken beigebracht habe. Du könntest wirklich ein bißchen rücksichtsvoller sein. Und jetzt hör auf mit deinen Sabotageversuchen.«

Ich freue mich über die Feindseligkeiten zwischen meinen Rivalinnen, wenngleich Jet Girl mir auch jetzt wieder leid tut. So eine nette junge Frau.

Tank Girl hebt schwungvoll einen Motorradstiefel auf den Tisch, senkt den Kopf und fängt an, mit größter Konzentration die Karten zu geben. Die Konzentration hält jedoch nur einige Sekunden an. Unfähig, für längere Zeit den Mund zu halten, setzt sie ihre Erzählung fort.

»Da war ich also und hing Dutzende von Metern hoch in der Luft, während Kesslee seinen Cyberarm am letzten Stahlseil ansetzte. Mit einer einzigen Bewegung durchtrennte er es. Ich hatte nur den Bruchteil einer Sekunde Zeit zu reagieren. Ich machte einen gewaltigen Satz von dem abstürzenden Klumpen Metall und bekam mit einer Hand das Stahlseil zu fassen. Eine bemerkenswerte athletische Leistung. Aber noch war ich nicht aus dem Schneider. Ich hangelte mich an dem Kabel hoch wie eine Ratte an einer Regenrinne und versuchte, mich in Sicherheit zu bringen, bevor Kesslee das Stahlseil erneut durchschnitt. Es war knapp. Ich war beinahe oben, aber bevor ich es ganz geschafft hatte, durchtrennte Kesslee das Kabel. Er grinste höhnisch und rief: ›Gute Reise, Tank Girl!‹, aber er hatte meine bereits erwähnten großartigen athletischen Fähigkeiten unterschätzt. Ich schnellte nach oben und packte seinen Knöchel. Er schwankte einige Sekunden am Rand des Abgrunds und stürzte dann in die Tiefe. In einem Gewirr von Armen und Beinen rasten wir auf den Boden weit unten zu.

Sollte das das Ende von Tank Girl sein? Schnapp.«

Tank Girl gewinnt die Runde.

»Es sah ganz so aus. Aber im Fallen befreite ich mich von Kesslee, bekam mit einer Hand einen Fahnenmast zu fassen, der aus der Wand ragte, machte einen Überschlag und schnellte über den Spalt zwischen beiden Gebäuden. Mit den Fingernägeln krallte ich mich an einer Fensterbank fest. Schnapp.«

Tank Girl gewinnt die Runde.

»Ich hing etwa eine halbe Sekunde dort, als das Holz begann nachzugeben. Ich war immer noch Dutzende von Metern hoch und stürzte wieder in die Tiefe. Es schienen keine Fahnenmasten mehr in der Nähe zu sein, und so überlegte ich blitzschnell, löste meinen Gürtel und warf ihn wie ein Lasso auf einen kleinen Nagel zu, der in der Wand steckte. Es klappte, und da hing ich nun, zerschlagen, aber noch am Leben. Schnapp.«

Tank Girl gewinnt die Runde.

»Ich ließ mich geschmeidig fallen und landete wohlbehalten. Ich hatte erwartet, irgendwo Kesslees zerschmetterte Überreste zu finden, aber zu meinem Ärger sah ich, daß es ihm gelungen war, etwa auf halber Höhe seinen Cyberarm in die Mauer zu rammen und sich langsam herabzulassen. Dort, wo er sich die Wand hinuntergearbeitet hatte, war eine tiefe Furche in der Mauer. Wir vergeudeten keine Zeit damit, uns gegenseitig zu unserem Überleben zu gratulieren, sondern stürzten uns gleich wieder in einen erbitterten Kampf. Schnapp.«

Tank Girl gewinnt die Runde.

»Wir kämpften verbissen, Kesslee mit seinem mörderischen Arm und ich mit bloßen Händen und Füßen. Ein absolut brutaler Kampf. Kesslee erwischte mich ein paar Mal, und überall war Blut, aber bei seinem nächsten Angriff duckte ich mich unter seinem Arm hinweg und rammte ihm einen Fuß in den Magen. Er flog durch die Luft und landete auf einem Zaun. Schnapp.«

Tank Girl gewinnt die Runde. Dabei lacht sie laut.

»Wie sich herausstellte, stand der Zaun unter Hochspannung. Kesslees Cyberarm hatte sich in den Maschen verfangen, und ich sah zu, wie der Strom durch den Arm strömte und Kesslee zuckte wie eine Marionette. Das war das Komischste, was ich an diesem Tag gesehen hatte. Aber eins muß ich Kesslee lassen, er war ein zäher Hund. Es hat ihn nicht umgebracht. Er kämpfte sich frei und ging wieder auf mich los. Aber er war übel zugerichtet, und sein Arm schien nicht mehr richtig zu funktionieren. Ich sagte mir gerade, daß das eine gute Gelegenheit wäre, ihn ein für allemal auszuschalten. Und wißt ihr, was dann passiert ist? Schnapp.«

Tank Girl gewinnt die Runde.

»Er drückte auf einen Schalter an seinem Arm, und feuerte eine Rakete auf mich ab. Stellt euch das vor! Die ganze Zeit war eine kleine Rakete in dem Arm versteckt gewesen. Ich versuchte, ihr auszuweichen, aber ich hatte am ganzen Körper Schnittwunden, Prellungen, Verstauchungen, Blutergüsse und gebrochene Knochen. Ich war nicht mehr das geschickte und flinke Tank Girl, das ihr alle kennt. Ich machte einen Satz nach hinten, und es gelang mir auch, der Rakete auszuweichen, aber sie explodierte an der Mauer neben mir, und ein Haufen Backsteine und Schutt regnete auf mich herab und schlug mich k. o. Schnapp.«

Tank Girl gewinnt die Runde.

Big Mary kündigt eine Spielpause an.

»Wir brauchen keine Pause«, entgegnet Tank Girl. »Der Trader ist pleite. Er hat verloren. Ich habe gewonnen.«

KAPITEL 30

Es stimmt. Ich habe tatsächlich kein Geld mehr. Unheil braut sich zusammen. Tatsächlich ist es bereits über mich hereingebrochen.

»Warte«, sagte ich, als Tank Girl anfängt, über ihren Sieg zu prahlen. »Noch bin ich nicht draußen.«

»Du hast kein Geld mehr.«

»Aber ich bin noch wach. Und Big Mary hat gerade eine Pause angesetzt. In den Regeln heißt es, daß ich weiterspielen kann, wenn es mir gelingt, während einer Pause Geld aufzutreiben.«

»Stimmt das?« fragt die gräßliche Panzerfrau und blickt zu Big Mary hinüber, die im Zweifelsfall als Schiedsrichter fungiert.

»Ich denke schon«, entgegnet sie.

»Gott, wie mich das anödet«, stöhnt Tank Girl. »Und überhaupt, wo willst du denn Geld hernehmen?«

»Ich habe da so meine Methoden«, entgegne ich und verschwinde schnell oder sagen wir, so schnell es geht, in der Menge. Während ich mir einen Weg durch die Menschenmassen bahne, spüre ich die Blicke der Children of the Temple of the Sun, die mich verfolgen wie Adler ihr Frühstück. Sollen sie doch über ihre schäbigen Kutten stolpern und sich allesamt den Hals brechen.

Am anderen Ende der Bar ist das Gedränge nicht ganz so schlimm. An einem Tisch sitzt, umgeben von Loretta Dragon Slayer, den vier Zwergen und verschiedenen anderen düsteren Vögeln, John the Brute, Banditenkönig aus den Red Mountains, wie ich schon sagte. Da ich ziemlich betrunken bin, hätte ich ihm beinahe freundschaftlich auf die Schulter geklopft, wovon mich jedoch ein vernichtender Blick von Loretta Dragon Slayer im letzten Moment abhält. Die Drachentöterin säubert gerade mit einem riesigen Samurai-Schwert ihre Fingernägel. Egal, ich setz' ihm die Süßholzraspel.

»John the Brute, geschätzter König der Banditen, wie nett von dir, dich zu gedulden. Tut mir leid, daß ich dich so lange habe warten lassen, aber du weißt ja selbst, wie es ist, wenn man mit solchem Abschaum Karten spielt. Ich muß sie in ihre Schranken verweisen.«

»Wir haben gehört, daß du verloren hast, Trader.«

»Aber nein. Das ist nur eine ganz normale Unterbrechung. Wenn die Pause vorbei ist, werde ich Tank Girl wegputzen. Ich werde ihr zeigen, wer der Boß ist. Da ich weiß, wie sehr du Tank Girl verabscheust, nehme ich an, daß du gern deine Anerkennung mir gegenüber zum Ausdruck bringen willst, was mich zum Hauptthema bringt, die Venus von Milo.«

»Wieviel?« sagt John the Brute, der noch nie viel für Small talk übrig hatte.

»Nun, es handelt sich um einen Kunstgegenstand, wie man ihn nur selten zu sehen bekommt. Die Venus von Milo. Entdeckt vom französischen Admiral Dumond d'Urville auf Milo, einer der griechischen Inseln, die es noch gab, bevor der Komet auf der Erde einschlug und Erdbeben, Flutwellen und sonstige Verwüstungen überall auf der Erde anrichtete. Sie wurde auch Melos genannt. Sie stammt aus dem zweiten Jahrhundert vor Christus und wurde lange Zeit als das erlesenste Kunstwerk der Antike betrachtet. Ein wahrer Schatz.«

Der Professor hat mir das alles erzählt. Hat echt was auf dem Kasten, der Professor.

»Einhundert Zoobies«, sagt John the Brute.

Ich kichere.

»Also wirklich, John. Das Museum in Lugit City zahlt mir mindestens eine Million.«

»Du bist aber nicht in Lugit City. Du bist in Big Mary's Bar and Grill und redest mit jemandem, der nicht gut auf dich zu sprechen ist. Einhundert Zoobies.«

»Fünfzigtausend.«

»Ich gebe dir einhundertzwanzig Zoobies.«

»Für weniger als fünfundvierzigtausend kann ich sie nicht hergeben.«

John the Brute erhebt sich von seinem Stuhl. Höchst beunruhigend, wie er auf mich herunterblickt.

»Du scheinst nicht zu verstehen, Trader. Ich bin nicht gekommen, um mit dir zu feilschen. Ich bin hier, um die Statue als Geschenk für Juliet zu kaufen. Ich bin nur deshalb bereit, dir einhundertzwanzig Zoobies dafür zu zahlen, weil ich nach einer Flasche Rum gut drauf bin. Ich schlage also vor, daß du das Geld nimmst, wenn du nicht willst, daß ich dich am Rad meines Panzerwagens festbinde, und mit dir eine kleine Spazierfahrt durch die Wüste zu den Red Mountains mache.«

Also wirklich. Ich bin stinksauer. Das ist schockierend. Für wen hält dieser Kerl sich eigentlich, daß er in mein Territorium vordringt und versucht, mir einen so kostbaren Schatz für nur einhundertzwanzig Zoobies abzuknöpfen?

Vermutlich hält er sich für einen unheimlich starken, brutalen und psychopathischen Straßenräuber, der eine ganze Armee von Freunden bei sich hat. Na ja, eigentlich kann ich dem nicht widersprechen.

John the Brute funkelt mich drohend an. Die Narben auf seiner Stirn treten deutlich hervor. Sein langes, schmutziges blondes Haar fällt ihm über die Schultern wie bei einem Wikinger aus früheren Zeiten. Auf dem Rücken trägt er drei Macheten. Hinter ihm fangen die Zwerge über mein Unbehagen an zu kichern. John the Brute nickt einem seiner Spießgesellen zu, der vortritt und mir einen kleinen Geldbeutel überreicht. Einen sehr kleinen Geldbeutel.

»Wo ist die Statue?«

»Ich muß vehement protestieren. Ich zweifle sehr an der Legalität solcher . . .«

Loretta Dragon Slayer erhebt sich so rasch aus ihrem Stuhl, daß ich erst mitbekomme, was passiert, als sie plötzlich hinter mir steht und mir ein Schwert an die Kehle hält.

»Sie sitzt drüben auf einem Stuhl in der Ecke«, sage ich. »Sie hat eine Baseballmütze auf dem Kopf und trägt eine Lederjacke. Du kannst sie gar nicht verpassen. Sie hat keine Arme.«

Ich bin am Boden zerstört. Verbrecher. Kriminelle. Ich hasse sie. Sie nehmen mir eine Statue, die eine Million Zoobies wert ist, für läppische hundertzwanzig Zoobies weg. Das reicht nicht einmal, um ZugZug auszuzahlen oder die anderen, die mir Geld für die Statue gegeben haben. Das reicht gerade mal für ein paar Einsätze beim Kartenspiel.

Niedergeschlagen kehre ich durch das Gedränge zurück an den Tisch. Mir bleibt noch ein Funken von Hoffnung, daß ich den Wettbewerb doch noch gewinne.

Aber Tank Girl macht auch diesen letzten Rest Hoffnung zunichte, indem sie schallend lacht, als ich meine einhundertzwanzig Zoobies auf den Tisch lege. Sie hat Tausende vor sich liegen.

»Ist das alles, Trader? Ist das alles, was du auftreiben konntest? Das wird gerade mal für ein paar Minuten reichen, wenn du Glück hast. Hey, Jet Girl, geh und hol Bier, bald können wir meinen Sieg feiern.«

Tank Girl beugt sich vor und flüstert mir ins Ohr.

»Fühlst du dich eigenartig, Trader?«

»Häh? Was meinst du damit?«

»Eigenartig. Vielleicht so, als würde der Alkohol dir ungewöhnlich zu schaffen machen. So als hättest du ein großzügig mit Big Marys Palmwodka gepanschtes Bier getrunken . . . ?«

Ich starre sie an. Sie starrt zurück. Wir starren uns lange Zeit eindringlich an.

»Ich habe die Gläser ausgetauscht«, sagt sie. »Während du unter dem Tisch mit den Karten hantiert hast. Ich habe eine ungewöhnlich feine Nase für Alkohol, weißt du. Ich bin dir auf die Schliche gekommen. Wie fühlst du dich?«

Ein wenig schwach, jetzt, wo sie danach fragt. Und als ich mir die brandgefährliche Mischung vorstelle, die durch meinen Organismus strömt, fühle ich mich zunehmend schwächer. Es ist schon komisch, was innerhalb so kurzer Zeit alles schiefgehen kann.

»Ich bin dran mit Geben, glaube ich.«

Tank Girl nimmt die Karten an sich. Sie ist unerträglich zufrieden mit sich. Ich weiß, daß sie ihre Geschichte zu Ende erzählen wird. Sie tut es. Ich hasse sie.

KAPITEL 31

In Zeitlupentempo schiebe ich meinen Einsatz in die Mitte des Tisches. Bei den höheren Summen, um die wir jetzt spielen, kann ich nur vier Runden bestehen, wenn ich nicht zwischendurch gewinne. In Anbetracht der Tatsache, daß Tank Girl scheinbar eine Ewigkeit nicht mehr verloren hat, bringe ich einfach kein Vertrauen in meine Chancen auf.

Ich versuche, mir auszumalen, was passiert, wenn ich verliere. ZugZug wird sofort ihre fünfhundert Zoobies verlangen und mir die Children of the Temple of the Sun auf den Hals hetzen, wenn ich nicht in der Lage bin, meine Schulden bei ihr zu begleichen. John the Brute wird die Statue an sich nehmen und feststellen, daß die Wasteland Ninjas, die Shaolin Queens und die Post Apocalypse Biker Girls ebenfalls Anspruch darauf erheben. Und die Post Apocalypse Biker Boys? Habe ich die Venus auch an Marlin verkauft? Möglich. Mein Gedächtnis hat die vergangenen Tage nicht völlig lückenlos im Griff.

All diese Leute werden ziemlich schlecht auf mich zu sprechen sein. Gerade eben sehe ich, wie Eldrich San, Magdalen und Iris Grim, von denen jeder glaubt, die Statue gehöre ihnen, sich auf die Venus zubewegen. Sie werden wohl schwerlich begreifen, warum ich sie an jeden einzelnen von ihnen verkauft habe und ihnen ihr Geld nicht zurückerstatten kann. Die Worte ›Dieb‹, ›Verbrecher‹ und ›tötet ihn‹ könnten ihnen in den Sinn kommen. Der ehrliche und allseits respektierte Trader wird bald die unbeliebteste Person diesseits der Red Mountains sein.

Man kann es drehen und wenden wie man will, ich

stecke bis zum Hals in der Scheiße. Auch der Plan mit der Flucht zum Big Trader Truck, der draußen vor der Bar steht, fällt aus: Nach dem Genuß des Palmwodkas gehorchen mir die Beine nicht mehr.

Ein Barmann bringt ein Tablett mit einem Glas Milch und Aspirin für den Professor an den Tisch.

»Halt durch, Trader, noch bist du nicht draußen.«

»Danke, Professor. Wie fühlst du dich?«

»Gräßlich. Ich bin mit entsetzlichen Kopfschmerzen aufgewacht.«

»Solltest du nicht nach Hause gehen und dich hinlegen?«

Der Professor zuckt die Achseln.

»›Meum est propositum in taberna mori;
Ubi vinum proximum morientis ori
Tunc cantabit laetius angelorum chori;
Deus sit proitius huic potatori.‹«

»Wie meinen?«

»›Es ist meine Absicht, in einer Taverne zu sterben, Mögen meine sterbenden Lippen mit Wein benetzt werden, Damit, wenn die Engelschöre erklingen, sie singen können Gott blicke gnädig auf diese Trinker‹. Das ist ein altes Trinklied.«

»Ein bißchen makaber, findest du nicht?«

»Auf Latein gesungen klingt es lustiger.«

Ich nicke vage, aber ich habe so meine Zweifel, ob ich irgendein Lied, das vom Sterben in einer Taverne handelt, im Augenblick auch nur im geringsten lustig finden kann.

»Okay, Schluß mit dem Gequatsche, jetzt wird gespielt«, brüllt dieses nervige Panzerbiest. »Es geht in die letzte Runde.«

Die Umstehenden johlen.

»Ich erzähle euch dabei den Rest der Geschichte, die

einen ziemlich aufregenden, nein geradezu explosiven Höhepunkt erreicht hatte – Jet Girl war von Truppen umzingelt, und ich lag unter Schutt begraben, während Kesslee sich anschickte, mir die Kehle durchzuschneiden. Und die ganze Zeit hörte ich über das Getöse Sam um Hilfe rufen und schreien, daß das Wasser immer höher steige, daß sie bald ertrinken würde und sie noch zu jung zum Sterben wäre. Es war sehr traurig. Unter anderen Umständen hätte ich vielleicht ein paar Tränen vergossen. Da ich aber gerade unter einem Stapel Backsteine gefangen war und Kesslee zum tödlichen Schlag gegen mich ausholte, hatte ich ganz andere Sorgen. Als er mit dem Arm ausholte, gab ich einen durchdringenden Pfiff von mir.

›Dein Todesschrei, Tank Girl?‹ fragte Kesslee.

›Nein‹, entgegnete ich. ›Ich rufe meinen Panzer.‹

Er lachte. Dumm von ihm, denn in eben diesem Augenblick ratterte mein Panzer um die Ecke und schlug ihn k. o. Ja, mein treuer, alter Panzer war mir auf meinen Pfiff hin zur Hilfe geeilt – buchstäblich in letzter Sekunde. Er schlug Kesslee mit dem Geschützlauf nieder und grub mich dann aus dem Schutthaufen. Nie ist eine junge Dame ihrem Panzer dankbarer gewesen.

Kesslee war ganz benommen. Er lag betäubt auf dem Boden, während ich in mein treues Kriegsgefährt kletterte. Ich war völlig zerschlagen und hatte unmenschliche Schmerzen, aber natürlich kann ich mehr Schmerzen ertragen als der Durchschnittsmensch. Wenn ich mich recht erinnere, habe ich sogar eine fröhliche kleine Melodie gepfiffen, als ich das Geschütz auf Kesslee richtete, um ihn wegzupusten.

›Feuer!‹ rief ich. Habe ich schon erwähnt, daß mein Panzer stimmsensitiv ist? Nun, er ist es. Er befolgt jeden meiner Befehle. Es ist wirklich ein großartiger Panzer. Leider geschah gar nichts.

›Feuer!‹ rief ich noch mal. ›Hey, was ist los? Warum feuerst du nicht?‹ Eine der Kontrolleuchten flammte auf. Keine Munition mehr. Der Panzer hatte bei seiner heroischen Attacke auf die Basis seine sämtlichen Granaten verschossen.

›Du dummer Panzer‹, sagte ich. ›Hättest du nicht eine aufsparen können?‹ Kesslee kam wieder zu sich. Ich hatte wirklich keine Lust, mich auf einen weiteren Zweikampf mit ihm einzulassen. Ich war es leid. Außerdem mußte ich schnell machen, wenn ich Sam retten wollte, die immer noch in dem Rohr steckte und zu ertrinken drohte. Also sammelte ich in einem Augenblick genialer Inspiration alle leeren Bierdosen ein, die im Inneren des Panzers herumlagen – und das waren ziemlich viele – und rammte sie in die Munitionskammer.

›Das dürfte es auch tun‹, murmelte ich und stopfte Dosen hinein, bis die Kammer randvoll war. Kesslee erhob sich. Er aktivierte seinen Rotorarm und kam auf mich zu, Haß und Mordlust in den Augen. ›Feuer!‹ rief ich, und der Panzer feuerte eine tödliche Ladung gepreßter Bierbüchsen auf ihn ab. Der Effekt war spektakulär. Sie zerfetzten ihn förmlich. Stücke von Kesslee flogen in alle Richtungen. Höchst zufriedenstellend. ›Braver Panzer‹, sagte ich und gab ihm einen Kuß. Ich liebe meinen Panzer wirklich, wißt ihr.

Soviel zu meinem Teil der Schlacht, Kesslee war besiegt, und ich machte mich auf, Sam zu befreien.«

An meiner Seite hörte ich den Professor murmeln, daß das die lächerlichste Geschichte sei, die er je gehört habe, und dem kann ich nur zustimmen. Sie hat ihn mit Bierdosen erschossen? Ach ja, und die Bierdosen paßten ganz zufällig in die Geschützkammer. Der Mechanismus hat nicht blockiert und nichts. Egal. Ich habe wieder ein Spiel verloren. Noch drei.

Als Tank Girl sich dem Höhepunkt ihrer Geschichte nähert, schreit und brüllt sie und rudert wild mit den Armen. Ihr Publikum reagiert mit Jubel und Applaus. Auf der Bühne spielen Alvin und seine Band eine weitere Nummer, und die Fuzzbox der Sex Pistols verwandelt die Musik in ein einziges schrilles Gekreische. Tank Girl brüllt jetzt noch lauter, aber das tun alle anderen auch. An meiner Seite grummelt der Professor irgend etwas von Dante. Ich find's auch ziemlich höllisch.

»Tank Girl hatte wieder einmal gesiegt! Nachdem ich Kesslee aus dem Weg geräumt hatte, raste ich los, um Little Wee Sam zu suchen. Mein treuer Panzer folgte mir. Wenn ihr euch erinnert, saß Jet Girl aufgrund einer Fehlkalkulation ihrerseits derweil in der Patsche. Sie und die Ripper hatten es zwar geschafft, die ersten tausend Soldaten niederzumachen und ihre Panzer und Flugzeuge außer Gefecht zu setzen, aber jetzt waren sie von weiteren Tausenden von Soldaten umzingelt und warfen mit Granaten, Küchenmöbeln und was ihnen sonst noch in die Hände fiel, um sich. Sie hatten sich unter einem ausgebrannten Lastwagen in Sicherheit gebracht und fragten sich, was sie tun sollten, als plötzlich die Erde anfing zu beben. Es rumpelte und krachte, und um sie herum stürzten Gebäude ein. Riesige Erdspalten taten sich auf und verschluckten ganze Divisionen feindlicher Soldaten. Die Truppen gerieten in Panik, und Chaos machte sich breit.

Aus dem Zentrum dieses Erdbebens tauchte eine verblüffende Erscheinung auf. Es war Sub Girl in ihrem gerade fertiggestellten U-Boot! Schnapp! Ich habe wieder gewonnen, glaube ich!

Sub Girl war gerade im richtigen Moment gekommen. Der Feind zog sich verwirrt zurück, als Sub Girls riesige Konstruktion sich aus der Erde hob und in alle Richtungen um sich feuerte. Es war gigantisch, ein wahres Monstrum, eine unaufhaltsame, Schwefel und Feuer speiende Kampfmaschine!«

Der Professor schaut skeptisch drein.

»War das das U-Boot, das sie in ihrer Werkstatt gebastelt hat?«

»Genau.«

»In der Werkstatt, die sie tagsüber als Restaurant getarnt hat?«

»Genau.«

»Hatte dieses Restaurant vielleicht die Größe eines Flugzeughangars und war zufällig mit allem Werkzeug für den Schiffsbau ausgestattet?«

»Nein, das war es nicht, Klugscheißer«, entgegnet Tank Girl, verärgert über die Unterbrechung. »Es war ein kleines Restaurant. Die Werkstatt dahinter verfügte nur über eine Lötlampe und ein paar Werkbänke. Aber zufällig ist Sub Girl als Mechanikerin ungewöhnlich begabt und hat mit primitiven Werkzeugen ein komplexes und gigantisches Kriegsgerät gebaut. Unterschätze niemals die Fähigkeiten einer entschlossenen Frau.

Also, wie ich schon sagte, das U-Boot kam an die Oberfläche und feuerte in alle Richtungen. Und während die Truppen, die nicht in die riesigen Erdspalten gestürzt waren, versuchten, sich neu zu formieren, zerschoß Sub Girl die Türen zu den Sklavenquartieren. Ein geschickter Schachzug, ich hätte es selbst nicht besser machen können. Tausende elender Sklaven, die von Water and Power gefangen gehalten worden waren, stürmten heraus und schwenkten Stöcke in der Hand. Die Soldaten wichen in panischem Entsetzen zurück. Das war zuviel für sie. Die Linien brachen auseinander. Dann sprach sich über das Getöse herum, daß Tank Girl Kesslee getötet hatte und jetzt mit grimmigem Gesicht anmarschiert kam. Das gab ihnen den Rest. Sie stoben davon wie die Hasen.

Ich hatte in der Zwischenzeit Sam ausfindig gemacht und aus dem Wasserrohr gezogen. Sie war unverletzt. Abgesehen von dem psychischen Trauma, das dazu führte, daß sie mit elf zur Alkoholikerin wurde und seither durch die Wüste zieht und lamentiert ›warum haben sie mich nicht früher rausgeholt‹, aber wer weiß, vielleicht wäre auch ohne diese Geschichte nicht mehr aus ihr geworden. Außerdem haben sich in letzter Zeit Anzeichen für eine Besserung bei ihr bemerkbar gemacht.

Das war's also. Wir hatten auf der ganzen Linie gesiegt. Der bedeutendste Sieg der Weltgeschichte, würde ich sagen. Das gewaltige militärisch-industrielle Konglomerat von Water and Power war von Sub Girl, Jet Girl und acht Känguruhs unter Führung von Feldmarschall Tank Girl gestürzt worden. Unglaublich, nenne ich das. Seitdem ist die Welt frei. Ja, es wäre schwer, in Worte zu fassen, wieviel jeder einzelne in diesem Raum mir zu verdanken hat. Schnapp, sage ich. Du hast noch ein Spiel vor dir, Trader. Genieß es.«

KAPITEL 32

ZugZug die Buchmacherin setzt sich an den Tisch und balanciert auf der Kante von Magdalens Stuhl. Magdalen scheint nichts dagegen zu haben. Zweifellos hat sie eine hohe Wette auf Tank Girl abgeschlossen. Verflucht sei ihr roter Haarknoten. Jetzt, wo ich verzweifelt versuche, im Spiel zu bleiben, kann ich sie überhaupt nicht brauchen. Selbst mit einem Geier auf der Schulter könnte ich mich besser konzentrieren.

Das Geld, das vor mir liegt, reicht gerade noch für ein Spiel. Man hört schon die ersten Jubelschreie über Tank Girls Sieg. Der Druck, der auf mir lastet, ist unerträglich.

Die Situation hat aber auch gute Seiten: Ich bekomme wieder etwas Gefühl in die Beine, bestimmt, weil meine Angst meinen Adrenalinspiegel hochgejagt hat. Ob ich es doch noch schaffen kann, mich in den Big Trader Truck zu retten?

»Wir beobachten den Truck«, sagt ZugZug. Sie muß hellseherische Fähigkeiten haben. Das erscheint mir ausgesprochen unfair; schließlich ist sie Buchmacherin, und in dem Beruf sind hellseherische Fähigkeiten bestimmt sittenwidrig.

Ich bin dran mit Geben. Während ich die Karten mische, erscheint plötzlich Bitsy an meiner Seite.

»Trader, du mußt bei Iris Grim ein gutes Wort für mich einlegen. Sie nimmt mich gar nicht zur Kenntnis«, flüstert er mir zu.

»Bist du von allen guten Geistern verlassen?« fahre ich ihn an und stoße ihn weg. Ich bin ja immer bereit, einem jugendlichen Liebhaber zu helfen, aber doch nicht ausgerechnet jetzt.

Tank Girl ruft nach Grid dem Barmann, und er bahnt sich, ein Tablett auf dem Arm balancierend, einen Weg an den Tisch. Auf dem Tablett steht eine Flasche von Big Marys Palmwodka, eine Flasche vom besten, dem extrastarken, den nur Lebensmüde trinken.

Tank Girl, die keineswegs lebensmüde ist, nimmt die Flasche und nimmt aus reiner Prahlerei einen großen Schluck. Anschließend knallt sie die Flasche schmatzend auf den Tisch. Die Menge tobt.

»Komm mir mit dem Zeug nicht zu nah«, sagt Sub Girl, die plötzlich wieder am Tisch auftaucht. Sie ist etwas zittrig, scheint sich aber einigermaßen unter Kontrolle zu haben. Ootsie hilft ihr auf ihren Stuhl.

»Sub Girl!« ruft Tank Girl aus. »Meine alte Freundin! Du bist wieder da. Du hast das Lob verpaßt, das ich dir in meiner Geschichte ausgesprochen habe, aber du kommst gerade rechtzeitig, um zu erleben, wie ich den Wettbewerb gewinne. Gib die Karten, Trader.«

Ich gebe. Wir spielen. Fünf, Zehn, König, Dame, Drei, Zwei, Neun, Zehn, As, Vier, Bube, und so geht es lange Zeit hin und her. Der Lärm in der Bar legt sich in dem Maße, in dem die Spannung steigt. Zum erstenmal, seit sie Big Mary's Bar betreten hat, ist sogar Tank Girl still.

Acht, Vier, König, As, Zwei, As, Neun, Bube, Sieben, Vier, Acht, König . . . Ich ertrage das nicht. Das Adrenalin rast durch meinen Körper, so daß ich in meinem Stuhl zittere und jede Karte beinahe unkontrolliert auf den Tisch knalle. Manchmal verfehle ich dabei fast den Tisch.

Neun, Dame, Sechs, Drei, Bube, Zwei, Sechs, Fünf, Fünf –

»SCHNAPP!«

Meine Hand schnellt vor. Tank Girls ebenfalls. Sie krachen auf den Tisch, und wir streiten darum, wer der erste war.

»Ich habe gewonnen, ich habe gewonnen!« schreie ich.

»Ich war schneller, ich habe gewonnen!« schreit Tank Girl.

Erst entsteht ein ziemliches Durcheinander, dann senkt sich Stille herab. Big Mary beugt sich über uns und begutachtet die Szene.

»Tank Girls Hand war schneller«, sagt sie. »Das Spiel geht an sie.«

In der Bar geht es drunter und drüber. Jet Girl, Sub Girl und verschiedene andere Spinner und Psychopathen tragen Tank Girl jubelnd durch die Bar, Bierbüchsen werden aufgerissen und fliegen überall herum, als plötzlich ein Schuß ertönt. Die ausgelassene Stimmung hat ein abruptes Ende. Einige sehen sich fragend um, andere gehen in Deckung. Eigenartigerweise stellt sich der Mann mit der Waffe als der Professor heraus. Er hat sie aus Big Mary's Schürze gezogen. Nachdem er einen Schuß in die Luft gefeuert hat, um sich bemerkbar zu machen, zerrt er nun die Venus von Milo von ihrem Stuhl.

»Hilf mir damit«, sagt er, und ein Biker Girl, das in seiner Nähe steht, hilft ihm, die Statue auf den Kartentisch zu wuchten.

»Das Spiel ist noch nicht vorbei«, sagt er. »Der Trader hat noch das hier. Er setzt eine Statue im Wert von einer Million Zoobies gegen Tank Girls gesamten Gewinn.«

»Ja, ja!« rufen einige Stimmen um den Tisch, gierig auf noch mehr Spannung.

»Nein, nein!« rufen andere, vermutlich jene, die glauben, die Statue gehöre bereits ihnen.

Ich weiß nicht, was ich tun soll. Der Professor versucht, mir zu helfen, aber ich kann nicht ergründen, ob es ihm gelingt oder ob er mich noch tiefer hineinreißt. Im Augenblick bin ich einfach unfähig zu denken. Bevor ich dazu komme, meine Gedanken zu klären, und bevor irgend jemand anders noch etwas dazu sagen kann, regelt Tank Girl die Angelegenheit dadurch, daß sie schallend lacht und der Wette zustimmt. Der Professor hat erfolgreich an ihre prahlerische Ader und ihr Selbstwertgefühl appelliert. Und möglicherweise an ihre Dummheit. Und an die Aussicht, eine Million Zoobies einzusacken. Wer weiß das bei Tank Girl schon so genau?

»So gefällt mir das«, brüllt sie. »Alles auf eine Karte setzen. Tank Girl nimmt jede Herausforderung an. Gib mir die Karten!«

Sie greift nach dem Spiel, ignoriert Magdalens Proteste, mischt und gibt.

In dem Bewußtsein, daß jeden Augenblick John the Brute oder irgendein anderer über die unerwartete Wende protestiert, decke ich rasch meine erste Karte auf. Tank Girl tut es mir nach, und wir spielen so schnell wie möglich eine Karte nach der anderen aus. Das Spiel dauert ganze drei Sekunden. Die Karten kommen wie folgt: Fünf, Drei, König, Acht, König, Dame, Zwei, Zwei.

»SCHNAPP!«

Diesmal werfen Tank Girl und ich uns mit dem ganzen Körper auf den Tisch. Tank Girl ist natürlich fitter, stärker, schneller und gewandter als ich, aber ich werde von purem Überlebenswillen getrieben. Ich stürze mich wie ein Irrer auf das Zweierpaar und stoße irgendwo um den

Sockel der Venus mit Tank Girl zusammen, die sich ebenso schwungvoll nach vorn wirft.

Der Tisch ist dem Gewicht zweier Körper und einer antiken Statue nicht gewachsen. Die Tische in Big Mary's Bar and Grill sind der reinste Schrott. Der Tisch bricht zusammen, und wir krachen zu Boden, wobei wir beide aus Leibeskräften brüllen: »Ich habe gewonnen, ich war schneller!«

Wir landen in einen Knäuel auf dem Fußboden, und das Chaos, das hierauf ausbricht, stellt alle vorangegangenen Tumulte in Big Mary's Bar in den Schatten. Tank Girl und ich ringen auf dem Boden miteinander, wobei wir beide versuchen, die Zweien und die Venus von Milo gleichzeitig in die Finger zu bekommen, aber da wir uns auf der immer noch schlummernden Sam wälzen, ist es schwierig, richtig zuzupacken. Wütende Stimmen erheben sich, und ich höre Magdalen schreien, die Statue gehöre ihr, sie habe sie gekauft. Iris Grim schreit so ziemlich das gleiche, und es dauert nicht lange und sie rufen ihre Gangs zu den Waffen. Eldrich San und die Wasteland Ninjas kämpfen sich durch das Gewühl und geben ebenso laut wie entschieden ihren Besitzanspruch bekannt. Die Biker Boys melden sich ebenfalls zu Wort, und Sekunden später überschütten die vier Gangs sich mit wüsten Beschimpfungen und machen sich kampfbereit.

»Zum Teufel mit euch allen, die Statue gehört mir, der Trader schuldet sie mir«, kreischt die völlig korrupte ZugZug.

»Zu mir, Children of the Temple. Formiert euch zum Kampf!«

Obwohl ich noch immer verzweifelt auf dem Boden mit Tank Girl ringe, bin ich nicht überrascht, als eine donnernde, harte Stimme sich über das allgemeine Geschrei erhebt.

»Zurück, ihr Kakerlaken!«, brüllt John the Brute. »Die Venus von Milo gehört mir! Zwerge! Loretta! Vorwärts!«

Tank Girl hält inne, ohne jedoch die Statue loszulassen.

»Trader«, sagt sie. »Was hast du bloß angerichtet?«

KAPITEL 33

Ein zweiter Schuß ertönt, gefolgt von Big Marys donnernder Stimme.

»In meiner Bar gibt es keine Prügelei!«

Ihr Wort in Gottes Ohr.

Der Schuß in die Decke und Big Marys imposante Erscheinung schaffen es wenigstens, den unabwendbaren Krieg hinauszuzögern. Die massige Gestalt von Big Mary mit einer Pistole in der Hand ist wirklich ehrfurchtgebietend.

Magdalen läßt sich jedoch nicht einschüchtern. Den Rest der Shaolin Queens hinter sich, befiehlt sie Mary, aus dem Weg zu gehen, weil die Venus von Milo den Shaolins gehöre und sie sie jetzt sofort mitnehmen würden.

»Das werdet ihr nicht, ihr Shaolin-Hexen«, schreit Iris Grim. »Die Statue gehört den Post Apocalypse Biker Girls. Wir haben sie dem Trader abgekauft.«

»Du lügst!«

»Ach ja?«

»Was hat das zu bedeuten?« fragt Eldrich San im Tonfall eines erbosten Lehrers. »Die Venus von Milo gehört keiner eurer jämmerlichen Gangs. Sie gehört den Wasteland Ninjas. Der Trader hat sie uns verkauft.«

Ich glaube, daß nun alle mich anschauen, aber genau kann ich das nicht sagen, da ich kaum etwas sehen kann. Ich bin zu sehr damit beschäftigt, mich unter Tank Girl zu verstecken.

»Ihr alle seid ein Haufen mieser Diebe«, brüllt Marlin und spaltet mit einem einzigen Faustschlag einen Tisch.

»Laßt meine Tische in Ruh'«, protestiert Big Mary.

»Zum Teufel mit deinen Tischen. Die Statue gehört den Biker Boys. Wir haben sie gekauft.«

Hinter ihm beziehen die restlichen Post Apocalypse Biker Boys drohend Stellung. Ich muß die Venus wohl auch an sie verkauft haben. Aber daran kann ich mich echt nicht mehr erinnern.

»Ich hab' sie doch gekauft«, jammert Ootsie. »Als Geschenk für . . .« Als er die aufgebrachten Horden um sich herum wahrnimmt und Eldrich Sans vernichtendem Blick begegnet, überlegt er es sich anders und verstummt.

Die Menge teilt sich.

»Sie gehört mir. Ich habe sie gekauft. Als Geschenk für Juliet, Bandit Queen of the Red Mountains«, sagt John the Brute und baut sich im Zentrum des Geschehens auf. Er hat Loretta Dragon Slayer und die vier Zwerge bei sich.

»Und wir werden die Venus in die Red Mountains mitnehmen. Eingewickelt in die sterblichen Überreste des Traders.«

Gegen letzteres scheint niemand Einwände zu haben.

Die Gangs starren einander haßerfüllt an. Alle Leute in der Bar, die nicht unmittelbar betroffen sind, ziehen sich in die Ecken der Bar zurück. Andere, die sich sagen, besser naß als tot, verlassen die Bar. Big Mary hält immer noch die Pistole in der Hand, weiß jedoch selbst, daß sie ihr nicht viel nützen wird. Nichts wird die gegnerischen Parteien davon abhalten, sich einen erbitterten Kampf zu liefern.

Tank Girl springt auf und beraubt mich meiner Deckung. Ich versuche, mich unter Sam zu verstecken.

»Augenblick mal. Was soll das alles? Habt ihr denn alle den Verstand verloren? Die Statue gehört mir. Ich habe sie fair gewonnen.«

»Ich dachte, der Trader hätte sie gewonnen«, sagt der Professor, was in Anbetracht der Situation ausgesprochen mutig von ihm ist.

»Ich war schneller«, behauptet Tank Girl.

»Aber ihr hättet gar nicht um die Statue spielen dürfen«, protestiert Iris Grim. »Sie hat dem Trader gar nicht mehr gehört, also konnte er sie auch nicht setzen. Ich habe sie gekauft.« Die grüne Kriegsbemalung auf ihrem Gesicht glüht förmlich vor Zorn.

»Nein, ich habe sie gekauft!« brüllen fast alle anderen im Chor.

»Ihr könnt mich alle mal«, sagt Tank Girl. »Die Statue gehört mir. Ich hab' sie erbeutet. Sie war in der Schatzkammer von Water and Power, als ich Kesslee besiegt habe, und darum gehört sie mir. Ich habe sie dort gelassen, weil ich glaubte, sie wäre dort sicher. Das heißt nicht, daß der Trader das Recht gehabt hätte, sie dort wegzunehmen.«

Hierauf richten sich wieder alle Blicke auf mich, aber ich weiß wirklich nicht, was ich sagen soll.

»Sie hat also die ganze Zeit mir gehört«, fährt Tank Girl fort.

»Und jeder, der sie haben will, wird sie mir wegnehmen müssen.«

Hierauf erheben Sub Girl und Jet Girl sich schwankend von ihren Stühlen und stellen sich zu Tank Girl.

John the Brute tritt einen Schritt vor.

»Tank Girl«, sagt er drohend. »Ich werde dich töten.«

John the Brutes Gang ist wohl die stärkste in der Bar, vielleicht mit Ausnahme von Tank Girls. Aber, vielleicht weil er nichts dem Zufall überlassen will oder weil er nicht will, daß sie ihm in die Quere kommen, appelliert er an die anderen. Er winkt einen seiner Handlanger herbei, der ihm fünf Beutel übergibt. Einen wirft er Magdalen zu, einen Marlin, einen Iris Grim, einen ZugZug und einen Eldrich San.

»Fünftausend Zoobies für jeden von euch«, sagt er. »Ich nehme die Statue und bezahle euch für eure Unterstützung.«

Alle blicken auf Tank Girl, um zu sehen, wie sie darauf reagiert. Wird sie sich auf ihre Freundschaft zu einigen der Gangs berufen? Wird sie weiter behaupten, daß die Statue ihr gehört und versuchen, die anderen davon zu überzeugen? Wird sie ihrerseits ein Gegenangebot machen?

»Ihr könnt mich alle mal, ihr Arschgeigen«, sagt Tank Girl herausfordernd und spuckt auf den Boden. »Die Statue gehört mir.«

Und so begann die größte Schlacht, die die Wastelands je gesehen haben. Tank Girl, Jet Girl und Sub Girl gegen John the Brute und seine Verbündeten, Loretta Dragon Slayer, die vier Zwerge, die Post Apocalypse Biker Girls, die Post Apocalypse Biker Boys, die Shaolin Queens of the Desert, die Wasteland Ninjas und die Children of the Temple of the Sun.

KAPITEL 34

Als die gegnerischen Parteien Stellung beziehen, tun Big Mary und ihre Barangestellten das einzig Vernünftige und gehen hinter dem Tresen in Deckung. Tank Girl, Jet Girl und Sub Girl stehen bei mir in der Ecke. Ihnen gegenüber stehen die versammelten Gangs. Zu meinem Pech versperren sie mir den Weg zur Tür. Ich komme zu dem Schluß, daß es zwecklos ist, sich unter Sam verstecken zu wollen, da sie viel zu klein ist, als Schutzschild zu dienen. Also lasse ich sie, wo sie ist, und krieche auf einen Tisch zu, in der Hoffnung, daß mich niemand bemerkt. Ich habe keinen Schimmer, wo der Professor abgeblieben ist.

Ich habe gerade den hintersten Tisch erreicht und mich darunter versteckt, als der Kampf losbricht. Ich schicke ein Stoßgebet zum Himmel und drehe mich um, um zu sehen, was passiert. Tank Girl steht mit dem Rücken zur Wand, Baseballschläger in der Hand und die Lippen grimmig zusammengepreßt. Ihre Kriegsbemalung ist zerlaufen und hat häßliche schwarze Schlieren auf ihren Wangen hinterlassen. Links von ihr steht Jet Girl, rechts von ihr Sub Girl. Ihre Feinde stoßen Kriegsgebrüll aus und stürmen vor; dabei schwingen sie eine bunte Auswahl stumpfer und scharfer Gegenstände.

Ich ducke mich, als die Welle der Angreifer über sie hereinbricht. Jet Girl verschwindet unter einer Meute Biker Boys und Shaolin Queens, während Sub Girl vollständig von Biker Girls und Ninjas verdeckt wird. Inzwischen umringen die vier Zwerge und die Children of the Temple Tank Girl und versuchen, sie mit Äxten, Messern und abgebrochenen Flaschen in Stücke zu hacken.

Es ist ein schauerliches Bild. Zahlenmäßig weit unterlegen, kämpfen die drei Frauen wie die Furien. Sogar wie Walküren. Jet Girl taucht aus dem Gewühl um sie herum auf und schlägt einen Gegner mit einem Stuhl nieder, ehe sie wieder von der Masse verschluckt wird. Zwei Ninjas segeln nach gewaltigen Schlägen von Sub Girl rückwärts durch die Luft und landen ganz in meiner Nähe, aber Sub Girl, die ebenfalls einer gewaltigen Übermacht gegenübersteht, verschwindet ebenfalls wieder im Gewühl.

Tank Girl ist derweil in wilden und verzweifelten Kampf mit den vier Zwergen verstrickt, die sie mit Axthieben traktieren. Tank Girl blockt jeden Schlag ab und richtet ihrerseits mit ihrem Baseballschläger einigen Schaden an. Es dauert nicht lange, und zwei Zwerge und zahlreiche Children of the Temple of the Sun liegen bewußtlos um sie herum. Aber die Children sind sehr zahlreich und sie stürmen, getrieben von ihrem Singsang und ihrem religiösen Eifer, erneut vor, ignorieren den Baseballschläger und zerren Tank Girl zu Boden.

Ich spüre plötzlich jemand neben mir. Es ist ZugZug, die ebenfalls Schutz unter dem Tisch sucht. Offenbar hält sie nicht viel davon, sich selbst in Getümmel zu stürzen.

»Das ist alles deine Schuld«, grollt sie.

Ich leugne das entschieden.

»Aber ganz und gar nicht. Sie haben nur alle zuviel getrunken. Ich habe sie gewarnt, daß es Ärger geben würde.«

Ich sehe, daß Ootsie sich zurückhält, zweifellos weil er die Frau, die er liebt, nicht verletzen will. Bitsy ist nirgends zu sehen.

Jetzt steht Jet Girl auf einem Stuhl und läßt Flaschen auf ihre Angreifer herabregnen, während Sub Girl an einen Lüster geklammert hin und her schwingt und Biker

Girls in den Kopf tritt. Mit unglaublicher Kraft und Wildheit steht Tank Girl wieder vom Boden auf und schleudert reihenweise Angreifer durch die Gegend, ehe sie nach der Axt eines gefallenen Zwerges greift und sich daran macht, sie höchst wirkungsvoll einzusetzen.

Überall brüllen Menschen vor Schmerz und Wut. Ich sehe, wie Magdalen Jet Girl angreift und ihr einen harten Schlag versetzt, aber Jet Girl hält dem stand und tritt Magdalen zu Boden. Der Kampf verlagert sich nun in die Mitte des Raumes. Tank Girl, Jet Girl und Sub Girl kämpfen sich aus der Ecke, wodurch sie es jedoch ihren Gegnern ermöglichen, sie nun auch von hinten anzugreifen. Sie alle treten, schlagen und stechen wild um sich.

Noch jemand kriecht zu mir und ZugZug unter den Tisch. Es ist Bitsy, eine Hand über die blutige Nase gelegt.

»Sie hat mich geschlagen, als ich versucht habe, ihr zu helfen«, jammert er. »Sie sagt, ich wäre ihr im Weg gewesen.«

Ich nehme an, daß er Iris Grim meint. Das ist dann wohl das Ende einer weiteren Liebesgeschichte.

In diesem Augenblick segeln zwei Children of the Temple durch die Luft, von Tank Girl auf die Reise geschickt. Sie landen auf dem Tisch, der über uns zu Bruch geht. Benommen und verwirrt finden wir uns in einem Gewirr gebrochener Knochen, gesplitterten Holzes und gelber Kutten wieder.

Ganz schön viele Tische, die heute zu Bruch gehen, sage ich mir. Big Mary wird toben.

Als ich wieder einen Blick riskiere und unter einer gelben Kutte hervorluge, hat Tank Girl sich ein wenig Freiraum geschaffen. Alle vier Zwerge liegen inzwischen unter vielen anderen von John the Brutes Spießgesellen und Children of the Temple herum, aber jetzt greift

Loretta Dragon Slayer in das Geschehen ein. Da sie es als unter ihrer Würde erachtet hat, sich dem allgemeinen Gewühl anzuschließen, hat sie bis jetzt gewartet.

Schwert in der Hand, durchquert sie den Raum und verneigt sich vor Tank Girl.

»Arschloch«, grollt Tank Girl und stürzt ihr mit erhobenem Baseballschläger entgegen. Loretta schwingt blitzschnell das Schwert, und Tank Girl wird durch die Luft geschleudert und geht mit einer bösen Wunde an der Schulter zu Boden. Ihr Baseballschläger ist in der Mitte sauber durchtrennt worden. Unbeeindruckt springt sie auf, stürzt sich erneut auf Loretta und versucht, ihr den halbierten Schläger in die Kehle zu rammen, aber die Kung-Fu-Meisterin pariert den Schlag gelassen, und Tank Girl trägt eine weitere Wunde davon. Ein Ausdruck grenzenlosen Zorns tritt auf Tank Girls Gesicht. Sie wirft den Stumpf ihres Baseballschlägers fort, schnappt sich einen der toten oder besinnungslosen Zwerge und schleudert ihn Loretta entgegen.

Loretta Dragon Slayer, die wohl noch nie von einem bewußtlosen Zwerg angegriffen worden ist, ist hierauf nicht vorbereitet und weicht zurück. Dabei gerät sie mitten in den Kampf zwischen Sub Girl und sieben Ninjas. Weitere Leiber schieben sich dazwischen, so daß der Kampf zwischen Loretta Dragon Slayer und Tank Girl unentschieden bleibt.

In der Nähe sehe ich etwas höchst Interessantes liegen. Einer der Beutel mit fünftausend Zoobies, die John the Brute den Bandenanführern zugeworfen hat, ist zu Boden gefallen und in die Nähe unseres Tisches gerollt. Da ich nicht gewillt bin, mir eine solche Gelegenheit entgehen zu lassen – nicht einmal in einer Situation wie dieser –, strecke ich vorsichtig die Hand danach aus. Mein Arm ist nicht lang genug. Ich strecke mich ein wenig mehr. Es reicht immer noch nicht. Ich zwänge mich ein Stück aus meiner Deckung heraus, was, bei näherer Betrachtung, inmitten einer solchen Schlacht schlichtweg dumm ist. Eine Flasche, die ein Biker Girl nach einem Opponenten geworfen hat, verfehlt ihr Ziel und tritt mich am Kopf. Ich schaffe es gerade noch, die Hand um den Beutel zu schließen, bevor ich das Bewußtsein verliere.

KAPITEL 35

Ich bin nur für kurze Zeit bewußtlos, da die raffgierige ZugZug mir keinen Frieden gönnt und versucht, meinen starren Fingern den Beutel zu entreißen.

»Laß los, das gehört mir!« schreie ich, ohne ganz zu begreifen, was geschieht.

»Der Beutel gehört mir!« beharrt ZugZug, und wir ringen eine Weile miteinander und kriechen gleichzeitig zurück unter den Tisch.

Die Lage hat sich in der Zeit, die ich besinnungslos war, geändert. Der Kampf ist beinahe vorüber. Jet Girl und Sub Girl sind noch auf den Beinen, mit Schnittwunden und Prellungen übersät und erschöpft, aber triumphierend. Beide stehen auf einem Berg niedergemachter Gegner.

Tank Girl ist sogar von einem noch größeren Leiberberg umgeben. Sie ist noch übler zugerichtet als ihre Freundinnen, ihr Gesicht eine erschreckende Fratze aus Blut und schwarzer Schminke. Und noch hat sie nicht gesiegt. John the Brute, der sich bislang nicht an den Kämpfen beteiligt hat, durchquert die Bar.

Es ist wirklich nicht fair, das erschöpfte Tank Girl, das gerade vierundvierzig Stunden am Stück getrunken und anschließend eine unglaubliche Zahl von Gegnern niedergemacht hat, frisch und ausgeruht herauszufordern. Aber das Leben in den Wastelands ist nun mal selten fair.

John the Brute, das lange Wikingerhaar jetzt zu einem Zopf geflochten und in jeder Hand eine Machete, fordert Tank Girl zum Kampf. Mit seiner Größe von fast zweieinhalb Metern überragt er sie bei weitem.

»Du Dreckstück«, sagt er.

Wohl zum erstenmal in ihrem Leben erwidert Tank Girl nichts auf eine Beleidigung. Sie ist zu erschöpft zum Sprechen und saugt gierig in schmerzhaften Atemzügen Luft in ihre Lungen.

Jet Girl versucht, ihr zur Hilfe zu eilen, bricht jedoch auf halbem Weg zusammen, zu schwach, um sich noch zu rühren. Sub Girl macht ebenfalls Anstalten, herüberzukommen, aber Tank Girl bedeutet ihr mit einem Wink, wegzubleiben. Aber Sub Girl, die kurz vor dem Zusammenbrechen ist, wäre wohl auch keine große Hilfe gewesen.

John the Brute, Banditenkönig der Red Mountains, stürzt sich auf Tank Girl, und es geht über meine Kräfte, den Kampf zu beschreiben, der nun entbrennt. Ich und ZugZug, die wir ohnehin nicht viel fürs Kämpfen übrig haben, können nur dasitzen und staunend die mörderische Brutalität des Zweikampfes verfolgen. Big Mary riskiert einen Blick über den Tresen und zieht gleich wieder den Kopf ein, da jetzt, wo Tank Girl und John the Brute die Bar auseinandernehmen, Trümmer durch die Luft sausen. Stühle zersplittern, Wände brechen zusammen, und das ganze Gebäude bebt, wenn sie aufeinander losgehen.

Schließlich versetzt Tank Girl, die mit bloßen Händen kämpft, dem Banditenkönig einen so gewaltigen Schlag, daß dieser quer durch den Raum fliegt. Er landet krachend auf dem Tresen, der prompt zusammenbricht, so daß Big Mary und die Barangestellten, ihrer Deckung beraubt, Schutz hinter kleinen Holzteilen suchen. Der Professor ist bei ihnen.

»Arschgesicht«, grunzt Tank Girl, endlich wieder in der Lage, eine Beleidigung zu artikulieren, wenn auch keine sehr gelungene. »Du bist tot.«

»Nein«, entgegnet John the Brute und richtet sich auf ein Knie auf. »Du bist tot.«

Er hebt eine Hand. Zu meiner Verblüffung öffnet sich in seinem Unterarm ein Schlitz, aus dem eine kleine Rakete zum Vorschein kommt.

»Kesslee!« brüllt Tank Girl.

»Genau«, entgegnet ihr Todfeind. »Kesslee.«

Staunend verfolge ich die nächste Sequenz. Kesslee feuert die Rakete ab. Tank Girl weicht ihr aus, und sie explodiert hinter ihr und schleudert Tank Girl durch die Luft. Sie landet, rollt sich geschmeidig ab und ist gleich wieder auf den Beinen. Jetzt hält sie ihren Ersatzschläger in den Händen. Als die nächste Rakete abgefeuert wird, schlägt sie sie aus dem Weg, und das ist das Ende von Kesslee, alias John the Brute, Banditenkönig der Red Mountains. Bevor er dazu kommt, erneut zu feuern, ist Tank Girl über ihm und schlägt ihn mit ihrem Baseballschläger zu Brei.

Der Kampf ist vorüber. Mir ist übel. Ich bin heilfroh, daß ich nicht hineingeraten bin.

KAPITEL 36

Ich sitze mit den anderen Überlebenden der Schlacht auf dem Fußboden. Um mich herum sitzen Tank Girl, Sub Girl und Jet Girl. Grid der Barmann verbindet sie. Big Mary läuft mit Mop, Eimer und Bohrmaschine herum und beklagt sich bitterlich über den angerichteten Schaden, da ich jedoch gesehen habe, wie sie einen der Fünftausend-Zoobie-Beutel in ihrer Schürze hat verschwinden lassen, kann sie sich eigentlich nicht beklagen.

Die Gangs sind fort und haben ihre Verwundeten mitgenommen. Alvin und seine Band sind noch da, sie haben das Chaos überlebt, indem sie sich in einer kleinen Kammer – der Künstlergarderobe – hinter der Bühne verbarrikadiert haben. Ihre komplette Ausrüstung ist allerdings hinüber. Einige Känguruhs gesellen sich zu uns, allesamt gehörig verkatert. Sie entschuldigen sich immer wieder, daß sie den Kampf verschlafen haben, aber so wie sie sich alle die Köpfe halten und stöhnen, daß sie nie wieder einen Tropfen Alkohol anrühren werden, glaube ich nicht, daß sie eine große Hilfe gewesen wären. Sam liegt immer noch besoffen auf dem Boden; sie hat sich keinen Millimeter bewegt. Offenbar ist das nichts Ungewöhnliches.

Tank Girl, die nie zufrieden ist, verlangt, zur Siegerin des diesjährigen Wasteland Schnapp- und Trinkwettbewerbs erklärt zu werden. Nicht damit zufrieden, gegen eine gewaltige Übermacht die erstaunlichste Schlacht in der Geschichte der Wastelands gewonnen zu haben, beharrt sie darauf, daß sie als erste die Hand auf der letzten Karte hatte.

Ich gebe müde nach. Es ist es nicht wert, ihr zu widersprechen. Sie wird sich die Statue ja doch nehmen. Außerdem habe ich den Beutel mit den fünftausend Zoobies in der Tasche, nachdem ich ZugZugs Versuche, ihn mir zu entreißen, erfolgreich abgewehrt habe. Ich habe meine Schulden bezahlt und trotzdem noch ein hübsches Sümmchen übrig. ZugZug hat ebenfalls einen guten Schnitt gemacht. Ich weiß, daß sich der Beutel, den sie von John the Brute bekommen hat, noch in ihrem Besitz befindet. Der Tag, an dem ZugZug keinen Profit macht, wird niemals kommen.

»Wirst du die Venus von Milo für eine Million Zoobies in Lugit City verkaufen?« fragt Jet Girl.

Tank Girl zuckt die Achseln.

»Noch nicht gleich. Irgendwie habe ich sie ins Herz geschlossen. Ich kann meine Jacke drüber hängen, wenn ich auf meinem Panzer sonnenbade.«

Ootsie und Bitsy kommen unter einem Haufen liegengebliebener Leiber hervorgekrochen.

»Laß mich das machen«, sagt Ootsie sofort und übernimmt es persönlich, Sub Girls Kopf zu bandagieren. Sie läßt ihn gewähren. Vielleicht gewöhnt sie sich ja langsam an ihn. Wenigstens ist er in seiner Zuneigung verläßlich, anders als der wankelmütige Bitsy.

Bitsy setzt sich schwerfällig neben mich. Ich will gerade mein Mitgefühl zum Ausdruck bringen, weil Iris Grim ihm das Nasenbein gebrochen hat und ihn ohne ein Wort der Entschuldigung hat stehenlassen, aber da fällt mir auf, daß er gar keinen unglücklichen Eindruck macht. Statt dessen liegt ein verklärter, dämlicher Ausdruck auf seinem Gesicht.

»Was für ein attraktiver junger Mann Alvin doch ist«, raunt er mir zu. »Weiß du vielleicht, ob er einen festen Freund hat?«

Ich starre ihn verdattert an.

»Bitsy, jetzt hast du völlig den Verstand verloren. Sieh dir doch an, wie viele Enttäuschungen du bereits hinter dir hast. Warum willst du eine weitere hoffnungslose Liebe riskieren?«

Bitsy rümpft die Nase.

»Was soll das heißen, eine weitere hoffnungslose Liebe? Die vorherigen Gefühle hatten nichts mit Liebe zu tun. Das waren nur Kindereien. Etwas ganz anderes als die tiefe Zuneigung, die ich für Alvin empfinde. Daran ist doch nichts verkehrt, oder?«

»Ich denke nein«, entgegne ich. »Alvin ist ein sehr netter junger Mann.«

Außerdem ist er einer der verderbtesten Menschen auf diesem Planeten und höchstwahrscheinlich unfähig, länger als fünfzehn Sekunden so etwas wie wahre Gefühle zu empfinden, aber das behalte ich für mich. Bitsy wird es noch früh genug herausfinden. Er geht und brummelt etwas davon, daß er die Wasteland Ninjas verlassen, ein Instrument spielen und mit der Band umherziehen will.

»Wie kommt es«, fragt der Professor Tank Girl, »daß John the Brute sich als Kesslee entpuppt hat? Ich dachte, du hättest ihn schon vor Jahren getötet.«

Mir persönlich ist das völlig schnuppe, aber ihr müßt wissen, daß der Professor immer allem auf den Grund gehen muß.

Tank Girl schüttelt den Kopf.

»Ich schätze, er muß aus dem Hauptquartier von Water and Power entkommen sein und sich umfassenden plastischen Operationen unterzogen haben, bevor er dann in die Red Mountains gezogen ist.«

»Du hast aber doch gesagt, du hättest ihn mit einer

Ladung zerquetschter Bierbüchsen zerfetzt«, bemerkt Jet Girl.

»Und? An diesem Tag sind viele in Stücke gerissen worden. Du kannst ja wohl nicht erwarten, daß ich mir jeden einzelnen davon merke, oder? Außerdem ist es mit ihm jetzt endgültig vorbei.«

Draußen läßt der Regen etwas nach. Bald wird die Regenzeit vorbei sein und die Wüste blühen. Ich beschließe zu verschwinden. Es ist wohl das beste, wenn ich mit meinem Geldbeutel das Weite suche, solange Tank Girl noch guter Laune ist. Ich möchte nicht warten, bis ihr die unerquickliche Episode mit dem Palmwodka wieder einfällt. Ich biete dem Professor an, ihn mitzunehmen, und er nimmt das Angebot dankend an.

Als wir gehen, kommt Tank Girl bereits wieder in Fahrt, verlangt nach Bier und Pizza und prahlt lautstark mit ihrem Sieg.

So etwas hat es in der ganzen Weltgeschichte noch nicht gegeben, schätz' ich. Tank Girl hat auf der ganzen Linie gesiegt. Großartig. Phantastisch. Professor, du bist doch ein gebildeter Mann, warum schreibst du das nicht alles in einem Buch auf. Würde bestimmt 'ne spannende Geschichte.

Der Professor lächelt.

»Ich habe einen Ruf zu wahren. Es würde dich einen Batzen Geld kosten, mich zu überreden, deine Geschichte niederzuschreiben, Tank Girl.«

Als wir an der Tür sind, hören wir Tank Girl immer noch mit ihren einmaligen Heldentaten angeben.

»Vox et praeterea nihil«, brummt der Professor. »Leere Worte ohne Bedeutung.«

»Hey, Professor!«

Wir bleiben an der Tür stehen.

»Vox puellae Testudinis vox Deae!« ruft Tank Girl.

Wir gehen. Ich lasse den Motor des Big Trader Trucks an und lenke ihn durch die Pfützen. Ich will nach Lugit City, um mich ein wenig zu erholen und ein paar einträgliche Geschäfte zu machen. Am Horizont sehe ich einen schmalen Streifen Sonnenlicht.

»Was hatte das zu bedeuten?« fragte ich nach einer Weile.

»Die Stimme Tank Girls ist die Stimme Gottes«, entgegnet der Professor.

»Das bedeutet wohl: Was Tank Girl sagt, gilt. Und das stimmt im großen und ganzen ja auch.«

ENDE